窗烛
集小

金小明 著

文汇出版社

图书在版编目（CIP）数据

烛窗小集 / 金小明著. -- 上海：文汇出版社，
2025.5. -- ISBN 978 - 7 - 5496 - 4481 - 0

Ⅰ. I267.1

中国国家版本馆 CIP 数据核字第 2025J6J334 号

烛窗小集

著　　者 / 金小明
责任编辑 / 鲍广丽
封面装帧 / 王　峥

出 版 人 / 周伯军

出版发行 / 文汇出版社
　　　　　上海市威海路 755 号
　　　　　（邮政编码 200041）
经　　销 / 全国新华书店
排　　版 / 南京展望文化发展有限公司
印刷装订 / 上海颛辉印刷厂有限公司
版　　次 / 2025 年 5 月第 1 版
印　　次 / 2025 年 5 月第 1 次印刷
开　　本 / 889×1194　1/32
字　　数 / 165 千字
印　　张 / 7.25

ISBN 978 - 7 - 5496 - 4481 - 0
定　　价 / 56.00 元

序

　　我和南京小明兄神交已久，但迄今未曾谋面。他早年自己编《藏书》时，我还在太原，他每期必寄，我每期必读，可惜一直没有给他写过稿子。好久不见这本杂志了，感觉非常遗憾。

　　后来我到了厦门，《藏书》依然按时收到，还是熟悉的面孔，还是喜欢读的文章。南京朋友中，我最熟悉编《开卷》的宁文兄，小明兄是只识其文，未见其人。南京是文献之邦，旧书业昌盛，读书人品位很高，小明兄长期在如此环境中浸润，自然也是一位有趣味、有品位的读书人了。

　　趣味和品位难说有好坏之分，但感觉有高下。一般说来，有趣味自然也有品位，无趣味则也就谈不上品位了。趣味是自己的选择，品位是别人的感受。就阅读而言，趣味需要时间，太近的人和事，就难说趣味，需要一定的距离。我个人的感受是越远越好，在这方面，我贵远贱近，贵古贱今。

　　小明兄读书趣味大体在民国前，这是我判断读书趣味的下限，不是说民国后就毫无趣味，主要是感觉民国前的书事人事相对有意思。

　　我赞赏小明兄的阅读趣味，也喜欢他那些有新材料、有新角度的文章。他虽惜墨如金，但篇篇有新意，这极为难得，他是那种如无新材料，绝不轻易动笔的人，所以他的书值得读，也值得保存。

　　网络时代为文，离不开检索，但纯粹依赖检索，也有负面作用，那就是我们很难由文章判断作者的真实阅读情况。前网络时代，作者选题或引书，我们一眼即知他的读书范围和收藏，而今天我们从文章后推断作者的阅读范围则很难了，引书多，不见得阅读广、收藏富，极有可能是电脑技术高。

小明兄为文，还是传统读书人的习惯，靠原始阅读和自己的收藏，所以他的材料多有新意，也靠得住。无论检索手段如何发达，原始读书和收藏，一定还是为文的基础，无这个基础，文章的生命也难长久。

小明兄的新书出版，聊缀数言，以表心迹。

谢　泳

二〇二四年十一月十三日于厦门

目录

卢前与叶恭绰交往摭拾

南京沦陷前，卢前（冀野）曾为张恨水创办的《南京人报》写稿，后汇编为《冶城话旧》（万象周刊社版）。书中写到两位叶氏文人的掌故：一位是叶观其，家住城北的明瓦廊，与城南丝市口的高柳溪，都在城里设帐授徒，"不一岁即可入庠"，遂门庭若市，一时并称"南高北叶"。这个叶观其的斋号是扫碧山房，不知道出处是不是元人王冕的诗句——"重峦叠嶂烟凄迷，剥苔扫碧寻古题"（《庐山行送行》）。另一位则是叶恭绰，说他来到金陵的时候，从来不登清凉山下的名胜扫叶楼，不为其他，只因"楼名扫叶，遐庵讳"。南京解放后，已迁居上海的卢前，失掉了南京大学（原中央大学）的教职，为解陈蔡绝粮之厄，给《大报》写《柴室小品》专栏，难免"炒冷饭"——又写了《叶恭绰不上扫叶楼》的故事，遥祝从香港北上出席新政协会议的"熟人"——"叶玉老"宿疾痊可，在诗坛上实现新的创造。而这个时候，卢前自己的身体并不太好，离归道山也不远了。

（清平乐）浓云似织，燕语催将息。百转千回还自惜。清泪孤弦遥夕，闲云犹恋虚潭。白头归卧僧庵。梦断六朝烟水，一灯愁话江南。

卢前的"奉答"：

（正宫鹦鹉曲）天南倦鸟飞还住，苦伴你白头玉父。共闲云只恋虚潭，梦断六朝烟雨。［么］闹花间燕子莺儿，暗里春光偷去。想炉香袅袅灯前，屈曲影从头写处。

卢偓《饮虹乐府笺注》（广陵书社，二〇〇九年十月版）称：她伯父的"奉答"，紧扣叶词的语意，"准确、细致地揣摩体味叶老当时的心境与词境，并努力使自己的曲境与叶老的词境和谐统一，从新的角度，在散曲题材内容和语言风格方面，进行了极为有益的尝试"。我看，与其说卢是"奉答"、唱和，不如说是一种设身处地的化写和寄托同情的重述。叶词以"倦鸟"比拟自家，以"炉烟"象征愁绪，缠绵悱恻，那种"孤鸿"般的情思，未央客愁的宣泄，在卢前的曲调中得到了回应，"苦伴你白头玉父"——更追求着新体乐歌的通俗表达。

叶恭绰屈居港、沪沦陷区，因交通梗阻，音问难通，内地友人对其行止多有挂怀，而他自己也常借诗词抒发愤懑，明心志慨——例如"平生志本非温饱，守约方惭畏友知"，"谁识秋来霜菊好，岁寒篱落自忘饥"［《（于）右任来书念余近况以清高相许赋答》］，"身后是非终有定，发潜还待退之文"（《张仲仁来港有诗见及辄和》）。抗战胜利后，书画家陆丹林曾在他主编的

《人之初》第二期（一九四六年一月十五日出版）发表自作《叶遐翁诗词言志》一文，对叶恭绰彼时际遇、心迹多有披露。其中揭载的两首叶诗，总题作《丹林以赵尧老诗卷属题，余与尧老别将卅载矣，适行严寄示知〔和〕余年前至港诗，因用原韵赋此，藉陈尧老，并示翊云、行严、禺生、履川、伯鹰蜀中》（按：赵尧老，指清末著名词人、蜀中"五老七贤"之一的赵熙）（亦刊于《龙凤》一九四五年第二期），第一首首、尾联云："玉貌依然澹荡人，一闲天放苦吟身"，"清诗随地成行纪，无羡还应号顺民"（按："顺民"，用《列子》典），甚见其遁迹荒江、大节凛然的风骨。值得注意的是，此作在编入《遐庵汇稿·（中编）诗文》（修订本）之际，诗题略有不同，柬示者增加了三位时在四川重庆、福建永安文教单位（中大、金女大、国立音专等）供职的好友——"（胡）小石、（陈）斠玄、（卢）冀野"。

　　一九四五年十二月，卢前乘机由渝抵宁，为即将回迁的礼乐馆寻找馆舍。他见到了家乡父老，凭吊了小英府故居，"旧痕宛在，不堪回首"，又和六叔上安德门外拜扫先垄，"八年不上墓原，匍匐墓前，不禁热泪蹦出！"（卢前《丁乙间四记》）他的父亲卢益卿，是可园老人陈作霖的弟子，少时风度翩翩，人称"浊世之佳公子"，出办津逮学校"井井有条"，而得多位前辈赞誉。（张通之《庠校怀旧录》）因为肩负大家庭的生计，失去了事业发展的机会，等似浮萍，困顿一生，民国十四年（一九二五）的腊月，在青浦的松金青官产处任所病逝，"先君忽见背，迤遭遘大难"（卢前《忆昔篇示珥妹》）。流亡归来，墓园草长，"卢家子"（《〈春雨〉序诗》语）悼父之思，可以想见。

　　抗战结束，卢前的生活发生了不小的变化，社会地位和文化声望日隆。据当时的报道，他曾撰"首都市民""恭迎国府还都颂词"（一九四六年五月六日《苏报》）。在卸任国立礼乐馆礼制组主任后，被聘为《中央日报》社的副主笔，主编《泱泱》副刊，并任南京市政府通志馆馆长（后且任南京市文献委员会主任委员），主持出版《南京文献》，又在好几个大学兼任教职。而其从政经历和政治倾向，也注定难以取信于中共领导的新政权（中共地方党组织为接管南京编写的《南京概况（秘密）》一书，对"伪南京市政府"重要人物卢前的简介，特别标明其"与 C.C. 系关系甚深"）——但这是后话了。

在《中兴鼓吹》的四卷本中，收有卢前的一阕词作——《清平乐》，创作于"还都"不久，故人酬唱，却也略见那一时期他的心境：

吴曼公梦中得句醒后足成此调，退庵和之，予亦继声

无情风雨，只有春难住。泪眼留春成独语，孤负春光如许。

年年开落匆匆，回头又惜春红。收拾残花一瓣，深深藏我心中。

一九四八年六月五日，卢前为纪念其先君去世二十三周年，"铭幽以光潜德"，在《泱泱》副刊第五百八十四期上编发了他请叶恭绰撰写的《卢君益卿墓志铭》。当年九月，上海《永安月刊》第一百一十期也刊发了这篇文稿。此文是卢前与叶恭绰交往的一个重要纪念，对后人研究卢前家世生平也具有一定价值。南京凤凰出版社二〇一九年六月出版的《叶恭绰全集》（王卫星整

理），收录了以《永安月刊》版为底本的整理本（《文章演讲补编》，第一六八六、一六八七页）。查《泱泱》副刊版、《永安月刊》版，前者标署"番禺叶恭绰敬撰"，后者仅署名"叶恭绰"，两版分节、标点也略有不同，于文意并无出入。除此之外，尚有数处文字见歧，宜以辨析、勘正，并补整理本之不足。

先将《卢君益卿墓志铭》的《叶恭绰全集》整理本，抄示如下：

金陵为历代首都，才俊辈出。近三十年，有鸿博负干局之士，学不竟其用，位不副所志，年未中寿，而弃斯世，识与不识，咸为时惜之者，则益卿卢君其人也。君讳恒通，先世系范阳，随赵宋南渡，屡迁为江宁人。祖考鉴，清同治辛未进士，入翰床（林）。考金策，官萧县教谕，皆有声于时。君幼以春秋百二十国宝书考，受知于邑先进陈可园先生作霖。年二十二，为诸生时，叔祖□□先生殁于王事，无后，姚梁太夫人乃抚君为嗣。君应江南乡试，报罢时清廷方废科举，君乃入校习师范，踵陈伯虞先生主津逮学堂。当道将选赴日本习师范，以嗣母年高，未果。自是在乡里任教育事十馀年，成材甚众。民国六年，其师姚君知邳县事，约为助，至则一以县事付君，考绩称最焉。以丁继母忧归，复执教于省立第六中学，旋为故人随君引任襄樊榷政，以廉公著，复转司松江、金山、青浦三属，清理官产事，凡六年，考绩复冠全省。民国十四年冬□月，以脑溢血，卒于青浦，年四十六，归葬南京安德门外。

君自少为致用之学，处事条例详密，长于因应，而能见其大，不为烦细。故所至事无不举，而不克措诸要地，大所施为，则年限之也。所著有《瀹茗轩遗集》二卷。配孙夫人，子四：前，中央大学教授，参政员，南京通志馆馆长，学行为时所宗；次正维，次绩，皆任中央银行职；绳，内政部工程师；女一正珥，礼乐馆馆员，适同邑程守泽；孙男女十六人。绅以谈艺与前雅故，今来书曰："先君子之没二十三年，欲乞子铭幽以光潜德。"绅不敢辞，乃为铭曰："天阙龙幡气森礴，笃生名贤瘁于学。巨材屈曲任樏桷，高怀远抱翻落落。在冶祥金不自跃，建树依然出盘错。醉乡沈冥趋夜壑，遂与仙翻翔寥廓。青霞奇气俨如昨，千秋万岁此焉托。"

辨正之一，整理本过录之误，凡三处：一、首节"学不竟其用"，应作"学不竟其用"。二、次节"处事条例详密"，应作"处事条理详密"。三、铭文"天阙龙幡"，应作"天阙龙蟠"。《永安月刊》、《泱泱》副刊原版均无误。

辨正之二，《永安月刊》原版误，而为整理本所袭者，亦凡三处：一、首节"踵陈伯虞主津逮学堂"，应作"踵秦伯虞主津逮学堂"。按：秦伯虞，名际唐，号南冈，"石城七子"之一，与同乡学友陈作霖等共同创办莫愁湖"挑菜会"、参修《上江两县志》、校编《国朝金陵文征》，擅诗文，著有《南冈草堂文存》、《南冈草堂诗选》。二、首节"以嗣母年高，未果"，应作"以嗣祖母年高，未果"。三、首节"以丁继母忧归"，应作"以丁嗣祖母忧归"。上述三处，《泱泱》版均无误，《永安月刊》致误原因则待考，恐系编者失察。

辨正之三，《永安月刊》版空缺，而可据《泱泱》副刊版补足者，则有两处：一、首节"叔祖……先生殁于王事"，省略处应作"少棠"。二、首节"民国十四年冬……月"，应作"民国十四年十二月初四日"。均涉及卢前家世和志主行状，疑叶氏未知其详，卢氏编发时自行添补，而《永安月刊》编者据原稿发排，则仍付阙如。

此外，《泱泱》版首节"有鸿博负干之士"一句，《永安月刊》版及整理本均作"有鸿博负干局之士"，似两可，且不置论。

至于卢前请叶恭绰撰写先君志稿后，有没有依俗书丹、勒石，并在迁修坟茔时随葬，亦待考证。

辛丑寒露草于河西灯下，甲辰冬至修订

（本文原载《南京史志》二〇二一年第四期。文中有关卢前曾撰"首都市民""恭迎国府还都颂词"事，系姑苏何文斌兄示知；有关《永安月刊》资料，系京华藏书家赵国忠、谢其章兄惠赐，金陵历史学者邵磊兄亦有指教，谨此鸣谢。）

尺素传情，俱寄相思

任美锷留英时期与学友的

来往信片

　　著名地理学家、海洋学家任美锷先生（一九一三—二〇〇八）在南京去世后，他的遗物流散出来，我偶然得到一些：竺可桢签赠给他的一册《物候学》、十来张他收藏的老照片、几百张没有寄用的世界各国风景明信片，以及负笈英伦时期与学友的若干来往信片。

　　任美锷是浙江鄞县（今属宁波）人，一九三〇年考入中央大学地理系，曾随张其昀、胡焕庸、费师孟（奥地利人）等实地考察东南、西北的山川地貌。一九三六年至一九三九年，以中英"庚款"公费资格（考分第一），在苏格兰格拉斯哥大学（以下简称"格大"）地理系，深造地貌、地质学，以论文《英国 Clyde 河流域地貌发育》获哲学博士学位。回国后，先在西迁宜山（后迁遵义）的浙江大学史地系任教，提出"建设地理"新论，多有经济地理著述。后转任复旦大学、中央大学教职，兼任中国地理学会总干事、《地理学报》总编辑。中华人民共和国成立后，任南京大学地理系主任，兼南

任美锷在巴黎国立博物馆门前留影

京地理研究所所长，主编《中国自然地理纲要》，致力于地貌学、海洋沉淀动力学和喀斯特研究。

任美锷收藏的照片中，有一张他在法国巴黎国立博物馆门前的留影，摄于一九三七年七月，略可见留英时期的风采。他收藏的没有实寄的信片，印行于二十世纪的二三十年代，大多是成套的黑白或彩色照片类型，很能反映各地的自然风貌和人文景观，既是普通的旅游纪念品，也是一种特别的地理资料。任氏后来还在不少的信片上，做了景点记注、地貌说明，并标列了他"在场"的年份。如果为这些信片做一个景点索引，对了解他的域外游踪，也许会有一点帮助。

下面扼要介绍任氏与学友的往来信片。从通讯载体上看，信片这种东西，写寄简便，资费低廉，也可以快邮，虽然没有办法保护个人隐私，但很适合一般的事务联系，比如约会——

一九三七年四月九日晚，李旭旦在爱丁堡（离格拉斯哥很近），给在格大读书的任美锷（地址：38, View Mount Drive Mary hill, Glasgow）写寄了一张信片，正面是爱丁堡的地标——王子街和"土丘"风景。信云：

> 爱丁堡很好，我想明天要玩一整天，乘下午四时五十分车回格（中央站），六时零一分抵格。你来站相晤后，一起去吃高茶可也。
>
> 九日晚，旭旦

李旭旦（一九一一——一九八五），是任美锷在中央大学的同学，后同期考取庚款留英。我有一册《东坝考察记》的抽印本，刊于《方志月刊》第六卷第十二期。

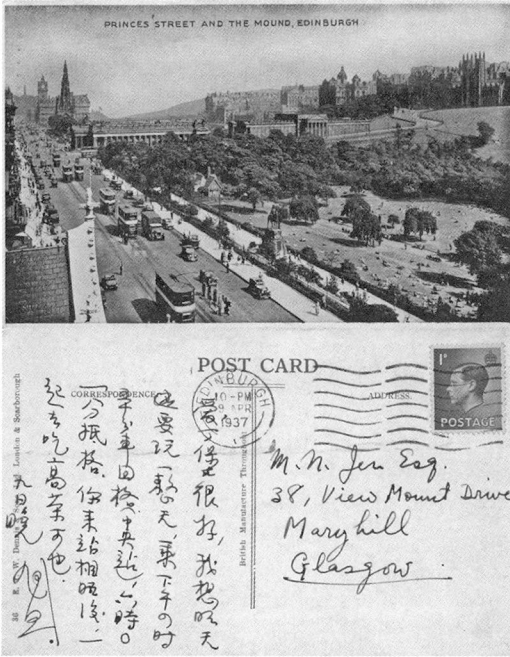

PRINCES STREET AND THE MOUND, EDINBURGH

POST CARD

CORRESPONDENCE

ADDRESS

M. N. Jen Esq.
38, View Mount Drive
Maryhill
Glasgow.

李旭旦致任美锷信片

这篇论文是由胡焕庸和李、任两位弟子合作的，记录的是一九三三年冬季，中大地理系组织的一次对高淳域内水利、交通枢纽——东坝河道成因考察的过程。费师孟也参加了这次活动。记称——"此次考察，计程六百馀里，其间步行者约百有馀里，自南渡至下坝，高淳至芜湖，皆利用夜间光阴，乘船进发，十二人并睡一舱，头足相交，教授学生，甘苦均共，旅途生活，至耐回味也"——可见融洽无间的师生情谊。李、任两人，还曾合译过法国地理学家白吕纳（Y. Brunhes）《人地学原理》（南京钟山书局，一九三五年版），共同推广"人地相关"的理论。李旭旦后赴剑桥大学就读。信片中说到的"高茶"，即 High tea，乃是一种"劳动阶级"的黄昏茶点（词典有解：early evening meal（or late tea）in homes where dinner is not eaten in the evening, usu with meat or fish），这里是便饭的意思——学友之间的交际不拘于礼，却比较亲切。就在前不久（一九三七年一月初），他们两人还一同出席了英国地理协会举办的年会。李旭旦记称："余与任君美锷俱以入会未久，年假中聚晤剑桥，乃同车赴伦参加，一以瞻聆名教授风采言论，再以探窥英国近代地理研究之内容趋向也……"（《英国地理协会赴会记》）。一九四〇年九月二十三日，李旭旦、任美锷、李振吾、张荫麟等人，曾随浙大校长竺可桢游览遵义附近的金顶山，夜宿玉佛寺（《竺可桢日记》）。顺带一说的是，任美锷所藏的旧照中，有一帧李旭旦野外地理考察的留影，他在照片背后标注："贵州湄潭附近石芽，一九四一。"这一时期，他们虽说不上焦孟不离，走动还是比较多的。不久，李氏将在乃师胡焕庸的提携下，主掌中大地理系，在人文、区域地理等方面登上学术顶峰。不过，李、任两人后来的专业

李旭旦考察贵州湄潭附近石芽留影

"近之"，就是徐近之，与任、李两人同时考取庚款，在爱丁堡大学攻读地形学，后曾参与筹备中国科学院地理研究所，开展黄泛区地理调查工作。信片中提到的杨克毅，也在爱丁堡读书，民国时期曾任职中国地理研究所人生地理组，撰有《川东地理考察报告》——后来在中国地理界，这两个人都有一定影响。

下面要说的一张信片，是署名"万林"者，从德国柏林写寄到格大的，正面是洪堡大学的校门照片。背面内容如下：

美锷兄大鉴：大作《中国北部之黄土与人生》收到，感甚！弟本学期因尚听课数门，课外尚须阅读他项书籍，故现尚未能专做论文工作。拟于下学期起不去听讲，专理此事。日前得旭旦兄来函，悉柳小姐曾请渠予以确切明白之表示，而渠犹迟疑未决。弟告渠，柳小姐为人甚好，愿渠返国后，即与之成嘉礼。近英国各地炸弹案迭出，不知仅系内部问题抑与国际有关？
　即颂
研安

　　　　　　　　　　弟　万林上
　　　　　　　　　　一月十九日

信片中提到的《中国北部之黄土与人生》，是任美锷发表在《中国建设》第十二卷第四期（中国建设协会主办，一九三五年十月发行）上的一篇论文。那时，他已从中大毕业，在国民政府资源委员会担任研究实习员。这一张信片上的邮戳残缺（邮票已揭），估计是一九三七或一九三八年的年初寄出的。有意思的是，信片提及李旭旦当年的亲事。他在英国读硕的时候，因生活费用不敷应付，曾转赴德国准备论文——《苏北：一个区域地理的研究》。李先生后来在一九四三年与陆漱芬女士结为连理。从封片透露的信息看，他本来也有可能是和那位"为人甚好"的"柳小姐"成婚的。

　　下面的两张信片，都是任美锷的朋友在一九三七年的暑期，从瑞士写寄给他的。一张是已有声名的地质学家朱森于八月二十一日，从瑞士提契诺（Ticino）州Rodi-Fiesso寄出的，上面是艾罗洛（Airolo）地方的风景照——

　　美锷兄：弟现于 Penninische Alpen 中观构造，重叠的山，复杂的结构，使我因之回顾去年苏格兰高山游，特寄此以为纪念，并祝
快愉！

弟　森上

一九三七，八，廿一日

　　这一年的春季，朱森在欧洲游学、进修，研究中外"造山运动"，在苏联参加第十七届国际地质学大会之后，赴阿尔卑斯山区考察地质构造，触景生情，想到前一年秋季的"苏格兰高山游"。那时，他在美国取得理学硕士学位不久，刚到欧洲，任美锷应该是充当了高地"地陪"，并留下了两人的合影。多年以后，任氏写过一篇论文《欧洲阿尔卑斯山古海洋学的探索》（载《任美锷地理论文选》，商务印书馆，一九九一年六月版），回顾"阿尔卑斯大地构造学派"在学界的历史影响，称它"是世界地质学上的经典地区，在地质构造上研究得最早和最详细……世界地质学上的若干重要术语，亦起源于阿尔卑斯山"。他还回忆，一九三七年，"至瑞士考

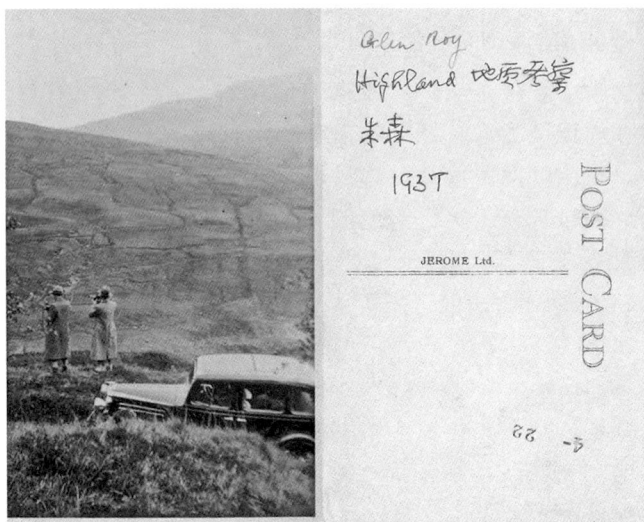

朱森、任美锷考察苏格兰高地留影

察地质、地貌时，经英国贝利（Bailey）教授介绍，由日内瓦大学科利特（Collet）教授比较全面地介绍了阿尔卑斯山的地质情况，当时他即以推复体理论来说明该山的大地构造问题的"（他的遗物中，有一张摄于一九三七年的勃朗峰旧照，注明该峰是欧洲的最高峰）。一九八二、一九八三年，任美锷又两次在阿尔卑斯山考察地质。这时，他已接受了可以更好地解释"造山运动"的板块理论以及古海洋学观点了。

另一张，则是一个月后，"汪文"从瑞士阿尔卑斯山地隆河（罗纳河）冰川地方寄出的——

美锷兄：弟在此看 Rhone Glacier 甚好。所住之Hotel 尚佳，惟天气较冷。此 Glacier 在一六七七年距Hotel 只 50 m，一九〇四年已至 1670 m，今日已缓退至此。片上……你所示为今年化去的一部分，露出岩石为Chulniti Schists，层理直立而其上部光滑如镜面。早年露出之岩面现已成锯齿状矣！由 * 点向山上行，沿Glacier 可看见其 Lateralnicraird。此时看地质的心已不及往日热忱，故未图登极峰。后日即行。

祝好

汪文

九月廿日

发信人在信片上用钢笔标出了隆河山谷冰川（valley glacier）一侧融化的最新进度，是他近距离观察、对比的结果。他提到的旅馆，应该就是任美锷一九三七年考察下榻的同一家。任美锷在一张以冰川为衬托的旅馆全景信片上，标出了"瑞士 Rhone 冰川下的饭店，一九三七"字样。信片上注明，冰川与旅馆的距离

任美锷所藏欧洲勃朗峰旧影

汪文致任美锷信片

已延至一七六一米。他在留英期间对高山冰川、极地冰盖融化、退缩现象的关注，埋下了后半生致力于古海洋学、沉积学等领域研究，探寻改善人类活动及气候变化对地球环境影响的伏笔。

最后要介绍的一张信片，有点特殊，是任美锷在法国尼斯，写给在巴黎的友人俞调梅的，但并未投邮。俞氏一九三四年毕业于交通大学土木系，后赴英留学，一九三八年获伦敦大学工学硕士学位。信稿云：

> 调梅兄：在巴黎最后未得会晤为怅。弟于十五日来Nice，该处背山面海，风景如图。英美人士来游者极多。今日游法国南部香水制造中心Grasse城，沿途风景甚佳。Monte Carlo昨日去过，仅留一小时，参观著名之Casino大赌场。但因囊中空空，无法下海，故既不赢亦不输。今晚即赴马赛。弟国内通讯处为广西宜山浙江大学。专上即候
> 近好。
>
> 弟　锷上
> 十七日

从内容上看，拟稿时间约在一九三九年九月。任美锷在Nice（尼斯）、Monte Carlo（蒙地卡罗）、Grasse（格拉斯）这几个地方，以及后去的马赛，都买了不少风景信片。那时，他已获聘浙江大学，即将束装就道，回国执教了。虽然"囊中空空"，心情应该是比较放松的。据《竺可桢日记》所载，他于一九三九年七月初离开英国，十月二十五日抵达宜山校区。

总体上讲，前面介绍的这些信片，虽然比较零散，但串并起来也还有点意思，仿佛连缀了任美锷——这位

任美锷致俞调梅信片（稿）

中国现代地理名家的一个"朋友圈":尺素传情,俱寄相思。今天观察民国时期留洋学子们的交友行谊、生活情趣,这些信片也堪作切片。

二〇二〇年十二月二日定稿

(本文原载山东画报出版社《老照片》第一百三十五期)

叶灵凤对比亚兹莱书物的搜求和研究

> 他们后来带我去了一个舞厅，在那里我见到了我所见识过的唯一分寸适度的文艺批评方法——在钢琴上方印着这么一句："请枪下留人，钢琴师已经尽力了。"
>
> 王尔德《美国印象》

一

二十世纪二十年代末期，叶灵凤在他主编的文艺刊物《戈壁》（一九二八年五月）和《现代小说》（一九二九年十一月）上，发表了讥刺和贬损鲁迅的漫画和小说——两人的紧张关系，自此恶化。在生命的最后几年，鲁迅数度痛批叶灵凤模仿英国颓废文艺家比亚兹莱画风的拙劣，始终没有"宽恕"，而后者几乎无法招架，"隐名受骂"（叶语）而已。不过，叶灵凤对自己攻击鲁迅的孟浪行为，后来多有悔意，对"生吞""活剥"外国画家的风格，也有过自我批评，感到"脸红"。鲁迅去世前不久，他发表了《献给鲁迅先生》一文（原载一九三六年九月十六日《论语》第九十六期），回顾与鲁迅结怨的始末，立誓要"化干戈为玉帛"，编一部体现比氏艺术"真面目"的画集（按：关于比氏的中译名，鲁迅作"比亚兹莱"，后来成为通译，叶灵凤先曾从之，后另译"比亚斯莱"），呈现给"冤家"（叶语）：

> 我当年做"东方琵亚词侣"的时候，诚如鲁迅先生所说，只有一本近代丛书本的画集，但近年陆续搜买，却也买齐了英国出版的比氏早期作品集，晚期作品集，未收遗作集，都是八开本的巨册，此外更买了好几部传记，我希望率性让我生一场小病（鲁迅先生不是在病中又编好珂勒微支的版画集吗？），闭门两月，给比亚兹莱写一部评传，选他百十幅巨叶大画（三闲书屋肯代印当然更好），印几十部，印得漂漂亮亮。

一九三八年一月，叶灵凤离开了"孤岛"上海，赴广州参加抗日救亡活动。同年十月，定居香港，直至一九七五年十一月二十三日病逝。伴随着后半生的工作和生活，他始终没有停止对比亚兹莱艺术专题书物的收集、阅读和研究，也没有放弃编写一部带传记的比氏画册的愿望——尽管最终还是壮志未酬。这些行迹，在新近出版的《叶灵凤日记（一九四三——一九六七）》（卢玮銮策划/笺、张咏梅注释，香港三联书店，二〇二〇年五月初版）（以下简称《叶灵凤日记》或《日记》）中，可以看到一些相关的记载和线索。

《叶灵凤日记》记事，始于一九四三年九月，止于一九七四年五月（其间，一九五四年至一九六一年，全付阙如），有记事的年份，则详略不一，更不一定整年完备，但在整体上，已覆盖了叶氏后半生的大部分岁月。正如《日记》的特约编辑和参订者许迪锵所说，这部"大书"，"记事相对简单，相信也有一些事情有意隐略"，但"已经有足够的讯息让我们可以从中探索作者之为文人、知识分子、编辑、藏书家、艺术鉴赏家……各方面的社会意义"，其史料价值自不待言。比如，过去曾有人说，叶灵凤并没有参加过左联的成立大会（姚辛《左联史》，光明日报出版社版），而据这部日记，叶灵凤本人的回忆却是——"我与鲁迅翻脸极早，因此从未通过信。也从未交谈过。左联开会时只是对坐互相观望而已。在内山书店也时常相见，但从不招呼"，这是一个很重要的反证。检索《日记》的内容，更见其作者，分明是一位不可救药的比亚兹莱艺术的追随者、解说者、宣扬者。

根据叶灵凤的自述，当年他在上海收藏的新、旧图书已逾万册，以西书为主，这在新文学作家中是不多见的。出走之际，他随身只从中带走了几册"关于书的书"。据他的外甥张加庆回忆：三十年代末期，他还在亲戚家看到这批藏书，"在一个楼梯转角的隔板上，找到了这些书，但绝大多数是外文的，我当时看不懂。"（张家庆《叶灵凤的藏书票》，载二〇二〇年九月七日《新民晚报》）据《叶灵凤日记》所载，一九四六年五月三日，他还盼望"上海的存书果然一册不失"，而五月十九日，接到友人施蛰存的来信，告以曾在旧书摊上，发现其英文藏书流出，他开始担心"上海的书虽然未丧失，至少已非完璧了"。一九四七年二月八日，有记："（沈）颂芳转来（周）君尚来信，并附一信介绍托人调查沪上存书。此事日内当托（戴）望舒一办。"——后续寻访的情形和结果，他的《日记》未见端倪，文章倒是有交代的：一九五七年，他曾重返上海，逛过静安寺附近一家专卖外文的旧书店，触景生情，"想到自己存在上海失散得无影无踪的那一批藏书，满怀希望的急急走进去，在架上仔细搜寻了一遍，仍是空手走了出来"（叶灵凤《晚晴杂记·书店街之忆》）。二十世纪七十年代初，他撰文追述牵挂自家藏书的心路："在抗战期中，也曾时时想念到自己留在上海的这一批藏书，准备战事结束后就要赶回上海去整理。不料后来得到消息，说在沦陷期间就已经失散了，因此意冷心灰，连回去看看的兴致都没有了。"（《晚晴杂记·我的藏书的长成》）——"希望"渐渐渺茫，终而破灭了。

叶灵凤曾在《日记》中感叹："自'九一八'、'一·二八'、'七七'、'八一三'以至香港的'十二月八日'，我的一生最好的日子，都是消磨在日本侵略战争的阴影下。"（一九七〇年十月二十四日）抗战结束后，他在香港的生活，才趋于稳定。从一九四七年六月起，他长期担任《星岛日报》副刊《星座》、《香港史地》编辑，大量撰写读书随笔、文史掌故，并翻译外国文学作品，养家糊口之馀，以节省下来的稿费，逐步重建自己的图书专藏，主要涉及中外艺术、西洋文学、中土古籍、文物史志、风土民俗等领域。寻访和订购西书的店铺，则包括港九的别发书局、哈里（利）斯书店、智源书店、辰冲书店、实用书局（疑即香港图书公司）、南天书店、三联书店、基督教书店等。三十多年下来，他自己估计，最终的藏书数量，接近万册（据罗孚《叶灵凤的后半生》），已复旧观。无疑，这些藏品，伴其度过了后半个"为书籍的一生"，为他的阅读、笔耕生活提供了丰沛的知识储备和材料支持。

二

搜求有关比氏艺术主题的书物、资料（对此主题，可以从不同的角度去理解，下文关于《叶灵凤日记》中的书物摘引，主要限于狭义范围——即比氏本人及直接以其为研究、批评、叙述对象的作品），当是叶灵凤艺术收藏的一个重点，也是他研阅、编创比氏作品集的基本前提。

这方面最早的一条日记，见诸一九五〇年二月二十七日项下："逛书店，见有新出版之《黄面志》选集，封面开本皆仿原式，拟购之。"一九五一年三月二十日，"赴报馆取稿费，路过别发书店。前订之西蒙斯的《比亚斯莱小论》已来"，称其"内容与现代丛书本之序文相仿佛"。一九六七年八月十九日，向冯（沛鎏）先生订购"比亚斯莱画册"。这个冯先生，是智源书局的主事者，为叶灵凤采办过不少进口书物。据一九六七年八月三十一日补记，八月十九日，叶氏曾"订购重印的Beardsley画集两卷"。一九六七年九月二十一日，订购"一部新的《比亚斯莱评传》，是大型的，有三百馀页，插图五百馀幅"。一九六七年十月二十一日，往实用书局，"无意中见有一册比亚斯莱的 *Under the Hill*（按：叶译作《在山下》），这是他的小说断片。以前曾在邵洵美处见过，自己一直想买一册。今日所发现的一册，是巴黎印的一种版本，限量三千册，每册有号码，附有原来比亚斯莱为此书所作的插画，纸质印刷装帧皆甚好，大喜过望，立即买了下来"，这是一种比较珍贵的私印限量本。一九六七年十一月十四日，记称，"前订购的两册比亚斯莱画集，已由冯先生送来"。当晚展阅，发现很多内容以前从未见过，称"从前本有原印的大版一册（全共三册），在邵洵美处也见过两册。这些书现在都早已失散了。现在能购到这样的重印本（按：开本比原印本书缩小了约三分之一），已感到很满足了"。一九六七年十二月二十日、三十一日，均记有关在书店订购比亚斯莱传之事。一九六八年三月一日，买《比亚斯莱的色情世界》[Stanford，D（1967）*Aubrey Beardsley's Erotic Universe*. London：Four Square Books.]一册。一九六八年十一月十六日，"往书店取所订杂志"，"订购书数种，包括《比亚斯莱传》，季尔木刻作品等"。据《日记》注，比传，即 Weintraub，S.（1968）*Beardsley*. London：W. H. Allen。当年十二月二十八日，"经实用书店取书"，其中有前订"魏氏的比亚斯莱传"，并记，"据书评介绍，新材料很多，颇注重他的私生活"。一九六九年一月二十三日，收到实用书局关于所订《比亚斯莱》（伦敦比亚斯莱展览会特刊）缺货事的来信。一月二十九日，实用书局通知所订《比亚斯莱》[Read，B.（1967）*Aubrey Beardsley*. New York：Bonaza Books.]到货，取回，"系一画册，文字部分甚少，共选了作品五百馀幅，印得很好，内容甚精，许多以前未见过的作品都选入"。一九六九年四月十二日，实用书店通知，告以前述比亚斯莱展览会特刊重印本 [Edited by Reade，B. and Dickinson，F.（1966）*Aubrey Beardsley: Exhibition at the Victoria and Albert Museum*. London：Her Majesty's Stationery Office.]到货，"因着中辉（叶灵凤之子）去取了来"。一九七三年八月二十一日记载，关于购藏的比亚斯莱画册，"几种较重要者可说都已齐备"。

三

前文胪列的只是《叶灵凤日记》中有关比氏主题书

物的搜求、订购的情形，虽然比较零散，但还是能看出，他对照目标，一以贯之，孜孜访求的线索。《日记》中，另有一些他翻阅、赏鉴和评论这类书物，观察欧洲国家相关研究动向的记录，则体现了他构思、酝酿品评文章的编创过程，都值得关注。他曾在日记中，摘录过清人的一段联语——"书似青山常乱叠"（一九四七年三月四日），以"藏而能读"自得，却常发读不胜读的感慨。他还写过一篇《今年的读书愿望》（见《晚晴杂记》），激励自己"要少写多读，或者多写多读"，不能"只写不读"。

一九四八年八月，适逢比亚兹莱逝世五十周年。据叶灵凤研究专家李广宇介绍：叶氏为此"于六月十八日在他主编的《星岛日报·艺苑》隆重推出一个整版的纪念特辑，除了比亚兹莱的肖像，共刊登比氏画作八幅，分别是《孔雀裙》、《神秘的玫瑰花园》、《新生命的感受》、《亥夫人肖像》、《出家的古尼费皇后》、《黄面志第一卷封面》、《花园散步》和一帧《封面设计》"。他在《天才的插画家比亚斯莱》一文中，提示读者关注鲁迅的贡献——"比亚斯莱的插画，在中国很早便有人介绍，鲁迅先生曾经编过一本《比亚斯莱画选》，和《蕗谷虹儿画选》一同出版。"又撰《比亚斯莱逝世五十周年纪念特辑》专文，除了回顾田汉、郁达夫传播比氏艺术的工作，重点介绍了英国和欧洲大陆的各种纪念活动。（李广宇《叶灵凤新传》，香港中华书局版。）

一九五二年八月七日，有记："枕上又读《一八九零》（即《一八九零年的英国文坛史话》，作者为Jackson，G. H.），这是关于世纪末的英国文坛记载，如王尔德和《黄面志》的一群人物。"八月中下旬，又有六七天，有阅读此书的记录，并称："不知怎样，对于比亚斯莱的画，我始终觉得很喜欢"，而这本书里有关王尔德和比亚兹莱的两章"写得最生动"。不过，在八月二十八日读完这本书后，他却因没有看到《黄面志》一派人物的逸话，感到"大失所望"。

叶灵凤所著《北窗读书录》（按：据叶氏一九六九年十二月十九日的记录，该书由香港书局当年十一月初版，罗、陈所编叶氏读书随笔合集，以次年的再版本为底本），收入一组总题为——《郁达夫先生的〈黄面志〉和比亚斯莱》的书话文章，一共四篇，先前曾连续发表于《新晚报·下午茶座》副刊的《霜红室随笔》专栏。叶灵凤在日记中，有作文动因、过程的简记：据一九六七年三月二十九日所记，他读到《生活》画报有关英美艺坛再兴比亚兹莱之风的报道，心有戚戚焉，遂以《比亚斯莱的再流行》为题撰文，次日发表，简析"这是一个新的颓废时代的开始，一个已经到了烂熟期的文化行将崩溃的预兆"，并对其影响表示乐观。隔日，又记云："《纯文学》第一期有一篇评论郁达夫的（按：《日记》编注，指张秀亚《关于郁达夫》），说他是颓废派，并引易君左之言，今早写一短文，引郁氏介绍《黄面志》及王尔德、比亚斯莱事，指出如此未必一定是颓废派。"所称"短文"，即《郁达夫先生与〈黄面志〉》，特别提示"早年的我国新文艺爱好者能够有机会知道这个刊物和王尔德、比亚斯莱等人，乃是由于郁达夫先生的一篇介绍（按：指郁达夫发表于一九二三年九月二十三、三十日《创造周报》上的《The Yellow Book 及其他》）"，郁因此"被人说成是浪漫颓废派作家"，认为不妥。其后的四月十日、十一日两天，则记读英国 B. B. C. 电台周刊《听众》所刊读者评论，并撰《王尔德与〈黄面志〉》一文，介绍王尔德与比氏等《黄面志》

同人瓜葛原委的经过。四月十三日，则有关于"阅
Studio（《画室》）月刊"报道比氏作品展览遭遇的记
载，他因此写了《又是比亚斯莱》一文，入集的时候，
文题已改为《再谈比亚斯莱》了。

　　一九六七年的八月下旬，十月中下旬，《叶灵凤日
记》中，又都有一些比较密集的阅读比氏艺术主题书物
的记载。八月二十、二十一日，连着两个雨夜，在灯下
读一九五五年英国出版的一本比亚兹莱的短篇评传
（Kenelm Foss：*His Best 50 Drawings*. London：
Unicorn.），并在日记中摘记有关内容。二十三日，又读
同一出版社一九四九年重印的，曾与比氏同编《萨伏
伊》（*Savay*）的"西蒙斯（按：Symons）写的一篇评
传"，他觉得比 Foss 的那本要好，但对其"叙事成份"
不多，似不满足。十月十七、十八日，"读 Walker 所选
的《比亚斯莱作品选》（按：*The Best of Beardsley*.
London：John Lane the Bodley Head. 1948）"，因系纪
念比氏去世五十周年，且以当年《黄面志》原版印制插
图，版本精美，似当心目中理想的画集，为此叫好。据
《日记》，十月十九日起，始读麦克法尔氏（Haldane
Macfall）所著《比亚斯莱评传》（*Aubery Beardsley*，
the Man and His Work. London：John Lane the Bodley
Head.），这本书出版于一九二七年，叶氏三十年代在上
海购下，后携至香港。一直到当月底，几乎每天都有读
这本书的记录，二十四日，且记摘译其中"关于《黄面
志》部分"内容。他在那几天的日记中，附和麦氏的一
些观点，如比氏因《莎乐美》和《黄面志》插图成名，
而对他所持有关"*Savay* 上那一类风格的作品"较《莎
乐美》插画，更能代表比氏艺术水平的说法，保留不同
意见。对照此书有关比亚兹莱与王尔德关系，叶灵凤又

找出后者的几种传记参考，并在《星岛日报》上发表《王尔德与比亚斯莱》一文，"谈他们两人不和的经过"。此文，目前未及查考，推测其内容与他早几年所撰《比亚斯莱与王尔德》（收入一九六三年十月香港南苑书屋初版）一文大同小异，属于"炒冷饭"。此外，叶灵凤在读《比亚斯莱评传》期间，还曾翻阅过《鲁迅日记》，查考比氏画集的线索。十月二十九日，记称："读完这部评传，总算对比亚斯莱的生活有了一点眉目。自己如果也要为他写一篇传记，在题材的取舍方面已经能有把握了。"据《叶灵凤日记》，十一月初，他又起意翻阅比氏的《在山下》，但因"文字写得琐碎而又猥亵"，兴趣不大，很快放下，转而"开始看 Hesketh Pearson 的《王尔德传》"，既"可充《星座》的稿件，又可以为自己想写的比亚斯莱传作一点准备工作"。十一月十四日，他考虑"抽暇选一批他（按：指比氏）的作品（约七八十幅已够）"，以备画册之用，提醒自己"有便当与上海书局一谈"。十二月二十五日，记："以比亚斯莱作品选集一册，制版供书店作插画用，共制了十幅。"值得一提的是，这段时期，香港的"文革"闹得比较凶，街头经常有人扔炸弹，而叶灵凤还能静下心来研读比亚兹莱，实属难得。《日记》中，频频见到"灯下""夜读"的记载，对他来讲，"这种心境澄澈的享受，在白昼是很难获得到的"（叶语，《晚晴杂记·写文章的习惯和时间》），尤其是读比亚兹莱的时候。

进入一九六九年，叶灵凤的健康状况日益下降，糖尿病复发，"身体疲弱不堪，视力好像愈来愈差"（六月三十日记语；年中日记，数处有房事"不振"的隐语）。一月二十九日，记：新购得的比氏作品集，因"比亚斯莱为《亚述（瑟）王之死》所作的四百幅插画，过去只选过两三幅，本书却选了一百多幅，又为希腊喜剧《吕斯特拉丽亚》所作的八幅插画，十分猥亵，以前从未曾见过。本书也全部收进了"，大喜过望，通宵展阅。二月四日，"在灯下阅新买的比亚斯莱画册，甚有滋味"。四月十二日，叶灵凤取到新购的一册英国比氏展览纪念画册，过了一天，为《新晚报·茶座》写了《读书偶记》稿件，"系有关比亚斯莱者"。五月三十日，记：为《星岛日报·星座》"写有关比亚斯莱短文一则（按：文题为《未见过的比亚斯莱作品》，笔名"临风"）"。这年十一月，叶灵凤的随笔集《北窗读书录》由香港上海书局出版，但上述两篇有关比氏的短文，他没有收进去，属于佚文。叶灵凤在生命的最后几年——《日记》的内容也有所反映——他的精力渐趋衰颓，"岁月催老，真不容情"，虽然杂书看得仍然不少——一九七〇年还集中编订了《晚晴杂记》、《香港方物志》和《张保仔的传说和真相》三本自著——文章却作得不多了，比氏画册的编写计划，更无法付诸实施了。

四

叶灵凤晚年曾经在他的一篇文章中，写过这样一段话："有些愿望，至今仍是一个未能完成的愿望；有一些梦，至今仍在我的憧憬之中；只是有些年轻时代的眼泪和欢笑，现在已经给岁月的尘埃所掩盖，若不是特地去拨弄一下，一时就不再那么容易打动我的心了。"（《晚晴杂记·旧作》）他在鲁迅去世前不久立下的那个誓言，正是他始终萦绕于怀的未了之愿，也是他挥之不去的未圆之梦。翻看他的《日记》和"旧文"，常常见到他提醒着自己，不由自主地去"拨弄"一下心中的那个痛点——

一九四六年五月三日，得知他的旧编《读书随笔》已由"上海杂志公司的老朋友张静庐先生"主持新刊，念及下落不明的旧藏，祈愿计划中的《比亚斯莱及其作品》（叶自拟名），"应该早迟使其实现，这一来完成多年的希望，一来聊伸对鲁迅的一口气"。

一九五二年八月十六日，他在日记里念叨："不知怎样，对于比亚斯莱的画，我始终觉得很喜欢。久想写一篇长一点的评传介绍文，至今未能如愿。人事匆匆，这意念已经十几年了。"

一九六七年三月二十九日，他针对英美举办盛大的比亚兹莱遗作展览，有感而发，记云："想为比亚斯莱写一本传记，至今未果，若是他又流行起来，现在倒是个好机会。"——这还是在给他自己"打气"。八月二十日，夜读英人所撰比氏的短篇评传，又在日记中，自称"想为比亚斯莱编一部作品选，附一篇评传，此念蓄之已几十年了，念念不忘，必欲发奋成之!"云云。时隔不久，九月六日，捡出张望所编《比亚斯莱画选》（沈阳辽宁画报社，一九五六年版）和 Macfall 的比氏评传，记称，"翻阅一过，尽使我想编选一部比亚斯莱画选的决心。"他又在《比亚斯莱的画》一文中说，"这个志愿，正像我的许多其他写作志愿一样，一拖一年又一年，一直就搁了下来"，多有愧意。与此同时，他正校阅自己的书话集《北窗读书录》，还在该书的《后记》宣称，"我久有要选印一本比亚斯莱画册、为他写一篇评传的计划。这是蓄之已久的一个心愿"，"在这里披露出来，作为对自己的一种鞭策"。

一九六九年，叶灵凤在《关于比亚斯莱》一文中说："为了想了却年轻时候的一项心愿，近来在挤出一些时间来阅读比亚斯莱的传记资料和有关他的作品评论文字，以便编写一部附有他的作品的评传。""重要的有关比亚斯莱的新书，可说都买全了。看来要了却这一心愿，剩下来的只是时间问题了。"

一九七〇年四月九日，叶灵凤在日记中称："灯下看比亚斯莱画集，此一项心愿——为他编写一部选集，总想一偿为快。"仍旧是自我激励、自我期许。

五

鲁迅说过："（比亚兹莱）生命虽然如此短促，却没有一个艺术家，作黑白画的艺术家，获得比他更为普遍的名誉；也没有一个艺术家影响现代艺术如他这样的广阔。"（《〈比亚兹莱画选〉小引》）叶灵凤晚年也说，"比亚斯莱，这短短的活了二十几岁的画苑鬼才，在书籍插画和装饰趣味上留下的影响极大"（《比亚斯莱书信集》），"作为纯粹的装饰画家，比亚斯莱是无匹的。他的黑白画，给与现代艺术影响之深，真使人吃惊"（《比亚斯莱的画》）。比亚兹莱艺术对中国现代文化产生的影响，集中体现在二十世纪二三十年代以降，以鲁迅、田汉、郁达夫、徐志摩、张闻天、叶灵凤、邵洵美、滕固、冯至、张竞生等为代表的文艺先锋们，对其作品的绍介、品鉴和模仿，对作品所蕴含的颓废情调和唯美风格的推崇、迷恋乃至膜拜。叶灵凤后半生还愿式的对比氏艺术书物搜求和研究活动，仍是这段文化引入史的一个后续个案。

有研究者认为，鲁迅对叶灵凤模仿之作的批评，撇开文艺派别论战的因素不谈，"对于比亚兹莱画作的理解看，这里还包含着对比氏艺术的不同理解和不同接受方式，这其实正体现了比氏作品在中国的两副不同的面孔"，"他们各自为中国读者勾勒了一副比亚兹莱的面孔，一个是强烈的装饰趣味和黑白对照、怪异华丽又带有一点色情的颓废意味；一个虽也有恶魔般的美丽，但又有对罪恶的自觉，并在自觉中显示出强烈的理智和对现实的讽刺性"，叶灵凤忽视了"西方现代颓废艺术对现实的反抗性"，"并没有完全体会到其背后的文化意蕴"（宋炳辉《比亚兹莱的两副中国面孔》，载陈子善编《比亚兹莱在中国》）。

如果不那么苛求的话，早年的叶灵凤，毕竟以特立的美术实践，放手"剥脱"下比亚兹莱的一副重要"面孔"，借其骸骨，取其情韵，创出一种玄奇而瑰丽的书籍装帧和插画艺术风格（当时，模仿比亚兹莱的画家还有：叶鼎洛、张令涛、马国亮、万籁鸣、万古蟾、叶永蓁等），成就了一个"中国的比亚兹莱"艺术名头，并非没有他自己的影响——哪怕留过骂名，有过教训。他的后半生，汲汲于比氏艺术主题书物的搜求和研究，投注和耗费了大量的精力，赍志以殁。我赞同李广宇的观点，他认为叶氏"不期然"地"做出了在中国介绍、传播这位短命的天才画家的独特贡献"（《叶灵凤新传》）。当然，叶灵凤对比氏艺术的领略和借鉴，也许没有鲁迅那样深远，于比亚兹莱的另外一副"面孔"，似乎"望道而未之见也"，但探求艺术的执着精神，还是令人记取的——毕竟，他"已经尽力了"。

二〇二〇年八月十二日，完稿于心远斋灯下

（本文原载二〇二〇年九月五日《澎湃新闻·艺术评论》、二〇二〇年九月七日中国作家协会《中国作家网·文史》，原名《关于叶灵凤对比亚兹莱书物的搜求和研究》，此次入集，略作修订。）

看张识小

一

张爱玲的《异乡记》，是一部残作，她生前是很看重的，认为"非写不可"。其观察之细微，描摹之生动，象征之离奇，耐得咀嚼。

首章首节，写钱庄伙计，"灯光里的小动物，生活在一种人造的夜里；在巨额的金钱里沉浸着，浸得透里透，而捞不到一点好处。使我想起一种蜜饯乳鼠，封在蜜里的，小眼睛闭成一线，笑迷迷的很快乐的脸相"。写钱庄一个打杂的，"面上没有表情，很像童话里拱立的田鼠或野兔。看到这许多钞票，而他一点也不打算伸手去拿，没有一定冲动的表示……"她因此"感到我们这文明社会真是可惊的东西，庞大复杂得怕人"——她穿透人性，渲染的时代气息，营造的苍凉意境，戛戛独造。

越是说这部未竟杰作好，也越是可以容忍其难免的一些小疵，毕竟也不是定本，"漏洞在所难免"（宋以朗《关于〈异乡记〉》）。她自认是常写别字的（严格讲，有的也不是别字，而是尚未定型的异体字，或只是源头不清的方言用语，张爱玲在《“嗄?”?》一文中，称她的“上海话本来是半途出家，不是从小会说的”，而母语，是“被北边话与安徽话的影响冲淡了的南京话”，可知她的发音并不纯粹。她晚年有文章，辨析几种食品的用词：“油炸鬼”当作“油炸桧”，“腰梅肉”当作“腰眉肉”，“炒炉饼”实是“草炉饼”），而《异乡记》自不例外，遣词用字多有值得推敲的地方。仍如首章：写当兵的吃大饼油条，“每人捏着两副，清晨的寒气把手冻得拙拙的”，“捏”字用得极好，而“拙拙的”，却似作“嗦嗦的”为好。又写一个兵，抽出花纱帕子，“卖弄地用来醒了醒鼻子”，“卖弄”极好，而“醒”显系“擤”之别字。该章结末处，还把“走投无路”写成了“走头无路”。文中，写无票兵士撒野，喊着“兄弟们上大世界看戏”，“不叫看哪：搬人，一架机关枪，嘍尔库嗤一扫!”云云，“嘍尔库嗤”——这出处可疑的象声词，也许是南京土话，比用“稀里哗啦”要见别致，却也太冷僻了些，简直有点“不知所云”了。

讲到别字，索性再列一二：第二章，提到“粗粝的午饭”，说“班班点点满是谷子与沙石”，“班班”似作“斑斑”。第五、八、十二数章，几处将“豆腐”，写作“豆付”。张爱玲为文，向把“阳台”称作“洋台”，《异乡记》亦如是，见诸第七章。不过，这在民国时期，其实是通行的，无可无不可。她时或援引古代诗文，多凭记忆，一不小心也会失误。如第二章，引李商隐《锦瑟》末句——“只是当时已惘然”，“只是”误作“即是”。而第七章，提到“古来争战”，如果出处在王翰的《凉州词》，无疑当作“古来征战”，一定也是“张爱玲记错了”（借某人文题）。

二

夏志清在《中国现代文学史》中，分析张爱玲文学作品的艺术特色，特别提到她在《谈音乐》一文中，曾经自述对"气味"的敏感嗅觉和强烈嗜好。德国哲学家费尔巴哈认为，人的嗅觉、触觉、味觉，是唯物主义的，代表肉体，而视觉和听觉则是唯心主义的，代表精神。与此不同，康德则把嗅觉和味觉说成是偏于主观的，称"它们更多的是产生愉悦的表现，而不是产生对外界对象认识的表现"。（据［法］米歇尔·昂弗莱《享乐的艺术》，生活·读书·新知三联出版社译本）张爱玲不吝对气味愉悦感受的描写："别人不喜欢的有许多气味我都喜欢，雾的轻微的霉气，雨打湿的灰尘，葱，蒜，廉价的香水。象汽油，有人闻见了要头昏，我却特意要坐在汽车夫旁边，或是走到汽车后面，等它开动的时候'布布布'放气。"她又写了奶糊味、油漆味、火腿咸肉"油哈"气，别人都介意，她却乐"闻"之，甚而香港打仗期间，用粗肥皂擦牙齿也安之若素。胡兰成回忆她到温州与他"鹊桥相会"，聊到"战时美国出一部电影片，叫《颜色的爆炸》，还有人构想以各种香气来作剧，没有人物，但是气味"，说"颜色与气味，都是爱玲所欢喜的"（《今生今世·天涯道路》）。

张爱玲的《异乡记》中，也有不少例子，其对气味的异趣和妙写，固然有愉悦的刺激，却也融入了对人间烟火的独特感受。如写一对男女二人扯闲话，"那窈窕的长三型的女人歪着头问：'你猜我今天早上吃了些什么？'男人道：'是甜的还是咸的？'女人想了一想道：'淡的'"。又写乡间炊烟，"在潮湿的空气里，炊烟久久不散，那微带辛辣的清香，真是太迷人的"。又写乡居的老鼠，"这种生活在腐蚀中的小生命，我可以闻见它们身上的气味直扑到人脸上来……"再有，写旅行车厢里有人放屁，致"空气突然恶化"，而"有一个小生意人点起一根香烟抽着，刺鼻的廉价纸烟，我对那一点飘过来的青烟简直感觉到依依不舍"。——张对异味的"嗜痂成癖"，似乎表现出某种"与气味不可分割的轻度迷乱"症候（卡巴尼斯语，仍据［法］米歇尔·昂弗莱《享乐的艺术》），而其善于观察日常微末和生活细节，善加描摹运用的文字技巧、功夫，也在这方面体现出来了。

记得汪曾祺曾有文回忆，当年沈从文在西南联大教写作课，给学生布置的题目竟有——"记一间屋子里的空气"，看似虚无缥缈，不易着笔，实在说，还是高标深远，擒住了一个难点，对感悟灵敏、闻见细密的写者来说，就不算难题。

三

张爱玲有名言："生命是一袭华美的袍，爬满了蚤子。"——出自她当年所应《西风》征文《我的天才梦》（原载一九四〇年八月《西风》第四十八期）。后来出版的《张看》（一九七六年三月香港初版，陈子善编《记忆张爱玲》第一三七页脚注，误作"一九六七年三月"），收进了这篇少作。水晶后给张爱玲去信，指出"蚤子"应作"虱子"。张在《对现代中文的一点小意见》一文中，承认自己是"写别字"，接受了水晶的意见，说这篇文章"是多年前的旧稿，收入集子（按，指《张看》）时重看一遍，看到这里也有点疑惑，心里想是不是鼓上蚤时迁"，不过当时并没有改过来。但表示，"等这本书以后如果再版再改正"——这恐怕还是出于锤炼文字的创作习惯，追求"必也正名乎?"（张爱玲文题）。

张爱玲传记电视连续剧《上海往事》曾经热播，刘若英主演，尚可看。编创者之前搞过《人间四月天》，下过一些考察功夫，情节、台词多有出处。有一个桥段，画外音配了这句名言，用的是"蚤子"。此外，浙江文艺出版社一九九二年六月出版的《张爱玲散文全编》（来凤仪编），开编即是此文，文末仍旧"蚤子"二字。这些都不能算错。后来，陈子善主持编校《张爱玲集》，"增补散佚作品，恢复作品原貌"，其《流言》一集（北京十月文艺社，二〇〇六年十二月初版），《天才梦》的结末，据张意已改作"虱子"了。

"虱"和"蚤"，"均血食于人者也"（《山中一夕话》）以"爬"状之，前者较后者，更其宜乎？《天才梦》的写作地是香港，号称"害虫的天堂"，叶灵凤《香港方物志》一书中有篇书话，引述一位英国生物学家的说法，称"香港害虫之多和大家对它们放任不管的情形，实在令人惊异"，并举了木虱的例子。张爱玲当年在港读书，一定没有少受这些"虫患"的袭扰——"咬啮性的小烦恼"（张语）。

当年，曾有人向英国文豪塞缪尔·约翰生请教两位诗人的高下，他的回答如下："虱子和跳蚤孰优孰劣，还真没有定论"——都不是什么好东西。

四

读陈子善编《张爱玲集·流言》，其《论写作》一篇，言及中国传统社会"文字的韵味"，举其旧家曾有一只旧式的朱漆皮箱，她在箱盖上发现了一段文字，"高州钟同济铺在粤东省城城隍庙左便旧仓巷开张自造家用皮箱衣包帽盒发客贵客光顾请认招牌为记主固不换光绪十五年"，并记"因为喜欢的缘故，把它抄了下来"云云。

前时所看电视连续剧《上海往事》，记得用了这个抄写皮箱文字的场景。董桥在《马娅来电话》（收入《景泰蓝之夜》文集）一文中，也用了这个"典"，并说他家碰巧也有过一只光绪年间的朱漆皮箱，水红广告纸上也有一节文字，说是字句比张爱玲抄录的那段精短："吴宝兴号本号开设上洋小东门内益庆桥塊朝西门面便是自造真牛皮箱匣时式提箱各口货箱一应俱全发客。"

董桥说的这种旧皮箱，我也正巧有着，翻开一对照，广告字句不差，应为一式。只是我的那个广告纸不是"水红"的，虽然早已褪色，约莫看出当年是"湖绿"的。"上洋"，是上海的别称。两种皮箱上都有"发客"一词，就是现在所说的"批发"。张文举皮箱商铺广告的例子，把她自己代入到一个文字膜拜的情境之中——"一班（般）文人何以甘心情愿守在'文字狱'里面呢？我想归根究底还是因为文字的韵味。"——这也揭示了她敏于文字之美、长于文艺写作的某种历史基因？"中国文字奥妙无穷"（张语，《炎樱语录》），对俗文、方言的偏嗜，"字眼儿崇拜"（《必也正名乎》），在她来讲自然不过。

从皮箱说到作文，又联想到《异乡记》了——第十二章，写到一个漂亮女郎："她拎着个小皮箱，大概总是从城里什么女学校里放假回家，那情形很像是王小逸的小说的第一回。她找了个座位坐下，时而将一方花纱小手帕掩住鼻子，有时候就光是把手帕在鼻子的四周小心地揿两揿。一部'社会奇情香艳长篇'随时就可以开始了。"——这段起始于"皮箱"，引出通俗小说话题的"文字"，用董桥的口气讲，很张爱玲。

二〇二〇年九月三十日，张爱玲百岁诞辰，凌晨改定。

（本文原载《开卷》第二十一卷·二〇二〇年第十二期）

《马衡日记》读后记

《马衡日记》(一九四八——一九五五),北京三联书店二〇一八年七月出版,由马衡先生长孙马思猛整理。马氏晚年始作日记,起自一九四八年十二月十三日,讫于一九五五年三月二十四日,两天后,他就病逝了。他的日记手稿作为档案,一直保存在故宫。二〇〇五年,紫禁城出版社以手稿影印的方式出版了前期部分,止于一九五一年年底。三联整理本则系全编。

当年,周作人在《知堂回想录》中,曾记北大的"三沈二马"。马氏兄弟九个,二马是指在北大任教的二先生幼渔,与四先生叔平,即马衡。知堂云:"他(指衡)大约是民国八九年才进北大的吧,教的是金石学一门,始终是个讲师。""他的夫人乃是宁波巨商叶澄衷堂家里的小姐,却十分看不起大学教授的地位,曾对别人说,'现在好久没有回娘家去了,因为不好意思,家里问起叔平干些什么,要是在银行什么地方,那也还说得过去,但是一个大学的破教授,教我怎么说呢?'"知堂称,其实马叔平十分阔气,平时总是西服,出入有自用汽车。善治印，轻看齐白石，入他法眼的只有王福庵和寿石工。一九二四年，冯玉祥逐宣统出宫，成立故宫博物院，马接易培基任院长，至解放初卸职。这部《马衡日记》，封照取其挚友徐悲鸿所作素描肖像，即着"西装"。

《日记》颇可读，记事起讫间，"正值中国命运面临转折的重要时期，也是故宫博物院新旧交替的关键阶段"（单霁翔语，《马衡日记序：金石情故宫梦》），记录的北平和平解放、军管会接管故宫、展陈接待活动、早期修缮，尤其是"三反"运动扩大化对故宫旧人的影响（涉及王世襄）等方面内容，很有史料价值，略举数例证之：

一九五〇年春，苏联政府向中国政府提出，要在苏联举办"中国艺术展览会"，"促进苏联人民对中国艺术的认识"。中央文化部遂着手筹办，由文物局、艺术局分别负责征集古代艺术品、现代艺术品。当年八月二日至五日，在故宫博物院举行中国艺术展览会，展出初选作品，听取各方意见和批评，作为最后审定赴苏展品的参考。负责这项工作的是文化部文物局副局长王冶秋，以及中央美院教师彦涵（早年在杭州艺专学习，后赴延安，在鲁艺学习、任教）、戴泽（中大艺术系毕业，师从徐悲鸿，参与建立中央美院）等人。最后送展的二百零四件现代美术作品中，国画四十二件、油画四十件，年画和招贴画三十五件，木刻版画（套色、黑白）六十七件，略可见主事者画种选择的倾向。这个展览先后在莫斯科、列宁格勒、华沙、柏林等地举办，引起广泛的反响（据赖荣幸《新中国第一次海外艺术展的模式与意义》）。从马衡的日记看出，当时在故宫举办的初选展，曾引起一场比较激烈的争论风波，官司打到了周恩来总理那里。八月十六日记载："赴苏艺术品徐悲鸿之作多不满人意，故多未入选，徐愤甚，乃致函政务院。今晨文化部书来，谓将重陈以备复选，诚多事也。"次日又记："（王）冶秋约景华赴太和殿，余亦追踪而去。盖现代画为悲鸿所征集，此次大批落选。并其本人之最得意作品亦与焉，因致书周总理，请求重付审查，以平诸艺术家之愤。下午周总理来，丁西林、洪浅哉皆先来相候。审查结果又于落卷中选出数件，悲鸿占二件，皆国画。周谓国画较可藏拙，似亦有理。"说起来，徐悲鸿早在一九三四年就曾携带中国近代绘画作品赴欧苏展览，在对外文化宣传方面影响很大。但时移世易，今非昔比，他的选画工作严重遇挫，以他为代表的一些艺术家与新政权主流文艺路数似乎并不完全合拍，甚或对主事者、合作者有所迁怒。

一九五一年十月九日有记，"下午冶秋来电话，谓'伟大的祖国古代艺术展览'之名称被人批评，应将'的'字移在'祖国'下。余谓此事曾与天木（按：即王振铎）等谈过，彼等以为名称早由郑局长定出，不便更改，其事遂寝"。据郑振铎所述，早在当年三月，"《文艺报》的编者想辟一个名为《伟大的艺术传统》的专栏，介绍中国历代重要的雕刻、建筑、绘画及其他艺术品……"（《〈伟大的艺术传统图录〉序》）。郑后来也就在《文艺报》写了系列文章，且延伸到"韩国的艺术"，为了出版《伟大的艺术传统图录》，还请周总理题写书名（后改请郭沫若）。确实，这个"伟大的"形容词，在"郑局长"那里，原本就是用在更宽泛的"艺术"上面，而不仅仅局限于"祖国的艺术"。

一九五一年十月有记，"郭沫若介绍严希纯赍书及张衡、祖冲之、僧一行、李时珍画像四帧来，谓科学院托蒋兆和画中国四大科学家像赠莫斯科大学，附有四人小传稿，嘱录于每帧之上。"这是蒋兆和文化水平不高、不擅书法的例证。

据一九五四年十月所记，马去世前不久，向中国书店转让《学海类编》一百二十册，《学津讨原》二百册，《汉学堂丛书》八十册、《艺文类聚》四十册，合计三百四十册，仅得银一百五十五万元（合新币一百五十五元）。不过，当时日文考古书似较值钱，马拟出让十一种，中国书店估价七百二十六万。马衡乃文物大藏家，去世前，他将包括宋拓唐刻颜真卿《麻姑仙坛记》卷在内的甲骨、碑帖等四百多件文物捐献给故宫。去世后，家属更捐出一万四千馀件（册）文物，精品不少，襟怀可佩。马长期执掌故宫，富资财，惟个人收藏，究属私业（捐公另论）。当年，执掌中研院的傅斯年，即禁止文博研究人员收藏文物，以为铁律。在他眼里，未必认同像马衡及其部属王世襄这样的公职人员收藏文物。值得一提的是，当年，马恰是在易培基院长受"故宫盗宝案"之诬辞职后，临危接掌故宫的。

新中国成立初期，故宫博物院"三反"扩大化，马衡在日记中也记录了一九五二年故宫"打虎"的一些情况：如二月二十八日所记，涉及部署工作——"谓公安部得报告故宫分子复杂，据密报有反动分子纵火，中央决定将所有人员迁出，仍彻底作'三反'运动学习，停止开放以策安全，遂同至城楼，宣布当晚全部人员分作两大队……"三月十六日、五月八日所记，涉及打虎"战绩"——"晚接二大队快报，李濂镗、程文瀚、王世襄、马世杰交代问题甚多，而且严重。""（一大队）所有交代问题统计为一百二十二人，占总人数百分之四十一。盗文物者十五人，盗非文物者五十八人，盗文物与非文物者廿人。纯政治性者六人。三种具（俱）备者五人。盗文物及政治问题者九人。盗非文物及政治问题者九人。"——因运动组织严密和彻底，人人自危，触目惊心，更难免冤屈。多年后，王世襄在《我在"三反"运动中的遭遇》一文中曾回忆："'打虎'英雄认为我是马院长的亲信，在追究院长的问题时，也企图以我为突破口得到院长的盗宝证据。"（《锦灰不成堆》）因这场运动，王披冤入狱，并被文物局开除故宫公职，"自谋出路"。马也被不公正隔离审查，十一月十一日这一天有记："王毅昨日来不值，今午复来传达文物局之意，以为故宫'三反'学习之领导者（公安部）因尚有七人未处理，全案不能结束，拟嘱余先到文整会工作……"古稀之年的他，自此被免除已担任二十七年之久的故宫博物院院长一职，只保留北京市文物整理委员会主任职务，从事古建修缮管理工作。他在年末的日记中慨叹："知曩日之洁身自好不适用今日，必须联系群众，采取互助方能为人民服务也。"

在此带一句，马衡在被隔离后赋闲的日子里，曾花两天的工夫阅读了刘少奇的《论党》（十月卅日、卅一日均有记），老先生是要紧紧跟上新时代的。

二〇一八年九月十三日初稿

『知识分子的复杂性』之一二例

一九七八年，已经六十五岁的程千帆先生，以街道居民的身份，被南京大学聘为教授，"开始新的工作和生活"（程语），他后来以口述方式，回忆平生，回顾学术，由弟子张伯伟整理成《劳生志略》（收入《桑榆忆往》，北京大学出版社，二〇一五年九月初版），提到他的伤心地——武汉大学，好几处涉及解放初期的校领导（秘书长、副校长）徐懋庸，都没有好话——"当时的校长徐懋庸，满脑子征服者的特权味道，在学校里很有影响。""在武汉大学的徐懋庸，鲁迅骂他是'奴隶总管'，这个判断实在非常准确，他又培养了一男一女两个人，被武汉大学的同事们称作'金童玉女'，后来这两个人当了副校长。所以徐懋庸离开了以后，他的班子没有散。一直到现在为止，武汉大学不团结、闹宗派这种情况，就是徐懋庸搞起来的。""武汉大学的极左思潮很厉害，是徐懋庸培养起来的，虽然他离开了，但是根子还在。"——这种很尖锐的说法，当然是他的一家之言，多有怨愤，也事出有因。然，言之何据，是否客观,又都可以进一步探究。从另外一个角度看,武大"不团结、闹宗派",是否还有更深远些的历史原因和背景呢?

徐懋庸因与鲁迅的特殊交往、纠葛,"两个口号"论战,饱受争议,话题太大,且不说。"文总"领导人任白戈后来评价这位中共高干,"先后在抗大、北方局党校、冀察热辽联大、武汉大学任教和担负领导职务,对培养党的干部和革命事业的接班人的工作,付出了辛勤艰巨的劳动"。(《〈徐懋庸选集〉序言》)他在武汉大学主政的时间也不长,根据中共方针,领导学校接管和"旧教育工作者的改造"工作,在"自愿减薪"、教学改革等方面,还是颇有政声的,后来因为在处理"六七老人""美金案"等事件上犯错,折戟沉沙,被中央撤职。"奈一时玉石难分,况野火烧身,千般詈碍"。(徐懋庸《玉连环》词句,引自《陈漱渝藏学术书信选》)据他的夫人王韦回忆,一九五三年九月,中南局召开高等学校负责人会议,徐在会上做检讨,曾表示"我对高级知识分子的复杂性认识不足,所以采取了领导青年知识分子的简单办法",高教部长杨秀峰严厉批评徐——"你到今天还要说高级知识分子的复杂性,不承认他们的进步"。(《徐懋庸在武汉大学》,载《传记文学》,一九九〇年第六期)徐懋庸所说的高级知识分子的复杂性,所指本身就很复杂,揆诸常情,未必不指向这所学校长期以来人事纠葛、争斗内讧的历史背景,倒是值得关注的,联系前述程千帆对他的评骘,也是很有意味的。

说到程千帆的口述史,也就有一些关于武大高级知识分子"复杂性"的民国往事,且举其例——回忆一九四一年任教武汉大学的经历,他说到朱东润的一则逸事:"徐哲东先生应聘到武大,人还没有来,要开学了,

（刘）博平先生是系主任，就替徐先生开列了一些课，其中有一门课是传记文学研究，这是当时教育部选课的课程。徐先生到了以后，……就决定开个韩柳文研究。……朱东润先生就开玩笑，写了一篇杂文，投到当时重庆的一个刊物叫作《星期评论》上发表……杂文说，大学里面也很特殊，传记文学怎么开出韩柳文研究来了？是不是把讲《郭橐驼传》和《永州八记》变成了传记研究？徐先生看到后很生气，说，他的嘴巴很巧，我可不会讲，但是我会打。我要打他，我打的人不是我治还治不好。东润先生就很狼狈。……只要哲东先生在里面，东润先生就不敢进去。后来哲东先生有个比较熟的朋友，是法律系的教授，好像是刘经旺。他是湖南人，是个好先生，就劝徐先生。徐先生也就答应不打了。"程千帆说这些逸事，"朱先生自传中没有提及，知道的人现在不多了"。

如此生动的戏剧性场面，其本事，著名传记作家朱东润在他的自传中有没有涉及呢？查《朱东润自传》（人民文学出版社，二〇〇九年一月版），果在第十章《武汉大学后四年》中有所发现——"一九四〇年秋天，那位专家徐教授好久还没有专课，恰好重庆教育部的新章，大学中文系可开传记研究这一课。传记研究是什么东西呢，可恨那位南关祭酒许慎先生在那本万宝全书《说文解字》里没有明白交代，这可苦了我们这位《说文》专家。翻翻别的书吧，可是刘主任是不读那些歪门邪道的。但是刘主任毕竟是有才学的，想起传记必然是什么古文之类，于是搬动这位专家徐教授开传记研究这一课，而且慎重起见，在传记研究下面注明本年度开韩柳文。这就是说这一年是韩柳，以后是欧苏，是王曾，总而言之，都是传记，由徐教授以专家身分包下来。"

我没有查朱先生发表在《星期评论》上的杂文，但他的传记观，在自传中是这样讲的："中国的二十四史里是有不少的列传，但是那是史传，每一篇传的写作无论怎样高明，都是为说明这部史书服务的，不是独立的传记。""无论韩柳欧苏王曾和近代的任何作家，所作的传、行状、墓志铭，其实际只是速写，不是传记。"

关于这段旧事，朱说发生在一九四〇年之秋，程却说可能是一九四一年，但事情是亲历的，不像是耳食之言，可能是记错时间了。朱在自传中回避"躲打"一节，大概是一种选择性遗忘罢，他曾留学英伦，对西方传记文学多有研究，不能开擅长的课程，有所怨恨、讥刺，并与徐先生结了梁子，受了惊吓，好像有点引火烧身了。他的传记观当然也是偏狭了点，文史合一，中西都有传统，近代以来，有所谓基于知识梳理的学科体系，史学、文学分途，各有策重，实未分离。"传记"一体，尚需不断建构，武大开的是文学系的课，讲韩柳应该也是正途，讥为旁门，究属"高知"间的意气之争，是一种很不好的"知识分子的复杂性"的表现。

著名隋唐史学者唐长孺在他的回忆录中，也有一节记载，涉及这一纠纷的背景——言其赴四川乐山武大，往访任教柏溪中大分校的好友蒋礼鸿，"于食堂饭，同桌有朱东润"，知其将去武大，喟曰："武大人事甚难处，君当慎之。"唐长孺后来始知，朱本亦任教武大中文系，与同事不谐，去而至中大，故有此言云。(《唐长孺回忆录》，第一百〇七页，中华书局版）唐的说法，说明当时这件事在学人圈内已传开了。

武大开课闹全武行，已不只是茶杯里的风波，但还是越不出高校内部复杂的派系斗争和人事纠葛。民国时期，"知识分子成堆"的高校内部，这种争斗并不鲜见。

远的不说，就说与前面提到的学者蒋礼鸿有关的另外一例子——他有一本《怀任斋诗词》，其妻盛静霞（中大毕业，出于吴梅、汪东、唐圭璋门下）在注文中提到一件往事：蒋礼鸿于一九四二年在中大任教，学术成绩优秀，"但一九四七年竟被系主任胡小石先生解聘，这是很难理解的。据他（指蒋）自己告诉我，听说胡先生说：'蒋礼鸿不可用，他和盛静霞结婚，盛是汪辟疆的得意门生。'我和云从（蒋表字）的婚事，胡先生曾明确表示不赞成；胡、汪之间又很不融洽。"她并引夏承焘《天风阁日记》所载胡、汪争部主任、系主任交恶事，怀疑蒋被解聘，是受汪、胡派系之争的牵连。（《怀任斋诗词·频伽室语业合集》，自印本，第五十一页）

学人争斗、教授打架这类有辱斯文的往事，也让我想起林徽因在评论"李庄风气崇尚打架"时说的一句话："一些快乐的或者滑稽形式的争吵已在受过高等教育的人群中发展到一种完全不相称的程度。"（费慰梅《林徽因与梁思成——一对探索中国建筑史的伴侣》，中国文联出版社版译本）蒋礼鸿被中大解聘，虽也有不平，但尚能以"颇觉嵇康无远度，至今人诵绝交书"（《去白下口号》，载《怀任斋诗词》）诗句宽解，而朱东润因争斗转就中大，则耿耿于怀，弄得满城风雨，比较起来，器度上好像小了些——这又是另外的话题了。

党史专家黄道炫认为："中共通过马克思主义把近代世界的思维方式和理论视野灌输进革命阵营，造就并提升了党员干部的素质和能力。其中，辩证法又是十分重要的一环。"〔《铁水流：战时中共革命系统的运作（一九三七——一九四五）》，香港中文大学出版社版〕徐懋庸自然服膺此道，他在被打成"右派"的前一年，曾在《人民日报》上发表过一篇杂文《简单与复杂》，认为要把工作做好，就要善于发现问题、解决问题，"碰到简单的事情，把它看得复杂些"，"碰到复杂的问题，把它弄得简单些"，而且要"警戒""抽象的运用"——颇合经由事物联系观点而建立的整体性、系统性思维。晚年，他又重谈旧事，反思"领导那些旧的高级知识分子的时候……对新对象的复杂性估计不足，犯了骄和躁的毛病，工作方法也简单化，因此在武汉大学，虽然轰轰烈烈地搞了两三年，但终于搞不下去了"（《在热河的二三事》，载《徐懋庸选集》第三卷）——他是没有真正"主宰了辩证法"（卞之琳诗句），把武大搞好，但程千帆对他的指责，公允一点讲，还是把复杂的问题，看得简单了些。

二〇二三年六月四日初稿

沈燮元先生点滴

一

沈燮元先生，一九二四年生人，鲐背之年了。周围的人——朋友、同事——都是喊他沈先生，或是沈老、燮翁。而在一些熟悉他的朋友之间，私下有喊"沈老头"的，有点"没大没小"，却显得"即之也温"。二十世纪的五十年代，陈方恪先生曾为沈老收藏的一个诗册题过诗，识其郡望，称锡山沈雪园。

二

沈老是无锡国专毕业的，和冯其庸先生是来鹤楼的同窗，更是契友。他后来的职业生涯，都是和书打交道，曾任南京图书馆的研究员、古籍部的副主任，退休后又返聘"老东家"。沈老嗜书如命，自己的藏书，大部分在苏州的家里，多是版本、目录学方面的专书、稿本，更有顾廷龙、潘景郑、黄永年、王世襄等名家手札，南京珞珈路的宿舍，也是邺架壮观。

碧阑干外绣帘垂
猩红屏风画折枝
八尺龙须方锦褥
已凉天气未寒时

出奉

菁契友

九六叟沈燮元

沈燮元先生墨迹

三

我和两个朋友，到沈老的宿舍去看他，吓了一跳：南图的旧房子——原是陈群日本小妾的住宅——小二楼，十来平方米的一个单间，除了一床、一桌和一个大衣橱，触目皆书，满坑满谷，像个仓库。那里的书，以工具书和新印的古籍为主，没有什么线装本。地方太局促，访客难以插足：两位"坐床"，另外一位，只好给让到主人的"恭桶"（大号痰盂）之上——是谓"恭坐"？

四

沈老房里的那个大衣橱，民国货，西洋式样，硬木料，双门，大镜子，装饰艺术风格的纹饰，很漂亮。那次去看他，朋友坚称是陈群小妾的旧物，沈老没接话茬。这个橱子，大概是泽存书库的旧物，归了南图，配发沈老的。橱里估计不放衣物，多半还是书。橱顶上，卷着一轴起潜公的书法，写的是陈毅元帅的"大雪压青松"。

五

沈老精瘦，除了耳朵有点背，身体状况超过大部分同龄的人瑞，生活自理。平时上下班，多乘公交车往返于南图新馆（大行宫）和宿舍之间。听人说，见他七八十岁的时候，摔过一个跟头，爬起来一点事情没有。喜饮酒，量不大，酒后健谈，众所周知。

六

沈老是古籍版本、目录学权威，参与编纂《中国古籍善本书目》，主理子部；又是公认的黄丕烈专家，致力于士礼居题跋整理，在潘祖荫、缪荃孙、王大隆等人的基础上，正脱、匡误、补苴，"冀成定本"，顾廷龙先生联语赞曰："复翁异代逢知己"。

七

沈老喜欢读闲书，熟悉五四新文学、上海"孤岛"和沦陷时期的文坛掌故。我编周越然的言言斋集外文，向他请教过。有一次，聊到当代女作家虹影，问我有没有她那本写凌叔华与朱利安·贝尔情史的小说《K》，我正好有已改名《英国情人》的本子，借他看了。在他，这算是"放松"吧。

八

据当年和沈老一起编纂《中国古籍善本书目》的沈津先生回忆：那时，他们每天在分编室里接触的，都是八百多个图书馆上报的目录卡片，"面对各种不合常理的著录方式，也只能凭藉过去的经验去辨识卡片上的著录有无错误"。沈老私下调侃，他们这些成天与卡片打交道的人，都成了"片（骗）子手"了。

九

我编民间小刊物《藏书》，向沈老约稿。他前后给过两篇文章：先是他为恩师顾廷龙手稿《合众图书馆董事会议事录》写的一篇跋文，后又给了一篇钱仲联为拟编《士礼居集》写好的序。前一篇，后来被李军兄编进了沈老的《文集》（国图出版社出版），除了简述在合众图书馆"抄书应变"的一段经历，重点回忆了胡适先生为他写条幅、他与钱锺书先生相遇交谈、顾颉刚先生为他取号"理卿"等几件事。沈老当年所抄吴大澂《皇华纪程》的稿本，现存上海图书馆的普本书库。

十

二十世纪末，我给沈老送过一回"快件"：记不得哪一年了，我到苏州出公差，行前和沈老在一个旧书店相遇，他托我给他的老朋友江澄波先生带一包书。我按他开出的地址，寻寻觅觅，在苏州一条沿河的老街，找到了"文学山房"：进得书店门，江老正巧从里间施施然踱出，"侬好……"，事情办成了。

十一

在南京王浙东先生的茶坊，我看到沈老为他写的一个条幅，石涛的诗："游人若宿祥符寺，先去汤池一洗之。百劫尘根都洗尽，好登峰顶细吟诗。"二十世纪五十年代末六十年代初，沈老与陈方恪有同事之谊，曾一起吃馆子，陪他到"汤池"洗澡擦背。他回忆，一般是从山西路乘十六路公共汽车，到三山街下，去陈熟悉的三星池浴室，"浴后步行至夫子庙的永和园或奇芳阁茶馆喝茶，佐以鸭油烧饼"。陈方恪曾为沈老所藏其外家先祖秦礼堂《凿石浦咏怀诗册》，题写过一首七言古诗。

十二

曾任江苏省文化局副局长、文管会副主任的朱偰先生，划为右派后，下放南图，编马列主义专题目录，与沈老有过一些交往。沈老记得，朱家在城东后宰门，德籍妻子则别居游府西街；朱时往探，送生活费，自称两房家用，每月需三百块钱。沈老偶然在书店发现有郦亭藏书标售，给反映到上面，为防止流散，很快解决了朱的生活补助费问题——就按每月三百块特支。

十三

我曾问过沈老,与郑振铎先生有没有交往,答云有的。五十年代初,郑以全国人大代表的身份在南方视察,南京图书馆曾在曲园酒家宴请过他,沈老和柳定生奉命陪宴。据他讲,郑颇亲和,讲礼数,不大有官僚的架子。

十四

《顾颉刚全集·书信集(卷三)》(中华书局出版)收录了二十世纪五十年代初致沈老的六通信札,还有一通七十年代的信札(未毕)底稿。这六通信札,据沈老讲,是顾颉刚先生的女儿顾潮,在其日记中发现线索,请他提供复印件,据之录入的。从这些信札中,可以看到他们交往的一些细节:比如,沈老曾请顾介绍他加入中国史学会,还曾为苏南区文管会索赠顾著等。七十年代的那通,后来并未实寄。

十五

据《顾颉刚年谱》(中华书局出版),一九五二年十一月,顾来苏州开会。那时,沈老还在苏南区文管会工作,曾与徐森玉、沈维钧先生一道,陪他游览了太湖西山、东山。顾先生曾为沈老编撰的《苏南区文物管理委员会所藏方志目录》作序,对他勉慰有加,"且捐赠民国《大足县志》,以资赞助"。为纪念顾先生逝世一周年,沈老写了一篇跋文,连同原序一并发表在《图书馆杂志》(一九八二年第一期)。据此跋,前述顾颉刚先生那通信札底稿的起草时间,当断在一九七八年八月之后。

十六

二十世纪五十年代初，陈梦家、赵萝蕤夫妇来苏州游玩，住在新苏饭店。顾颉刚先生给他们写了介绍信，请沈老"代为招待"。沈老和同事请他们在松鹤楼吃过一次饭，很满意。沈老记得，临走的时候，陈给留了短笺道谢，说是"西山归来，热不可挡，未及走辞……"。

十七

沈老帮黄裳先生卖过书。"五七"年以后，黄"以藏书易米于南京图书馆事"，给沈老写过一封信，后来流散出来。中云："陈祥裔词（《凝香集》）不知欲留否？全书共四册，五十元，如不欲留，乞掷还头本也。此集亦殊少见，遇之不易，似以剑合为妙。"黄后有信致凌济，称当年"售书之状可掬"，即指此。（黄裳信均见齐鲁书社版《榆下夕拾》）

十八

《榆下夕拾》收黄裳当年致沈老的一封旧信，我告诉了他，他让我给买一本。后来，这本书的编者凌济先生知道了，要送他，并托我请一幅他的字。我给他送去了一沓十竹斋新印的花笺，答应了。后来也赐了我一幅，写的是韩偓的《已凉》。认识他这么多年，没有敢问他要过字，虽然我手上有他的两份钢笔稿件。

十九

沈老历来恬淡自处，不求闻达。他的著作不多，早年编过《周贻白小说戏曲论集》，著有《屠绅年谱》，目前正在编校的是士礼居题跋、诗文集。新刊《掌故》第五辑，有谈《屠绅年谱》出版内幕的文章，多有秘辛。《屠绅年谱》的初版本，由吴湖帆先生题签。后来有人写文章，推测是沈尹默的字，沈老说绝无可能，当年，是他自己托的朋友，请的吴。我曾找到一册品相很好的，他命我割让，区区当然照办。

（本文原载《南京史志》二〇二〇年第二期、《开卷》第二十卷·二〇二〇年第四期）

《上海漫画》小史

引言

文史学家魏绍昌认为，民国漫画是可以与唐诗、宋词、元曲、明清小说并举的，"代表一个时代的最富有特色、创造力及名家荟萃的文艺种类"。"时代特色"是一个笼统的说法，在民国的不同时期，漫画家们在作品的主旨与内容上，其实是各有侧重的，形成了与时势合拍的不同的主题"特色"——五四前后，在新文化与启蒙主义运动的背景下，突出的是"反帝"与"爱国"；"北伐"时期，则着力配合"大革命"与"反军阀"，充满了斗争性、攻击性；而到了南京政府的"黄金十年"，形格势禁之下，便在解构"世象"、讽喻"世情"方面用足功夫；进入全民抗日阶段，则以漫画为"一种战斗武器"（黄蒙田语，载于《"漫画时代"记事》），来全力宣传"救亡图存"。另一方面，作为一种"文艺种类"，民国漫画艺术也经历了独特的发展过程，漫画家们不断地探索、追求讽刺与幽默的艺术手法、风格，这一艺术门类的名称、形式也多有变化、演进。

　　"五卅"反帝爱国运动及北伐革命战争，对中国现代漫画的转型和成长，具有一定的激发意义。一九二六年年底，一个比较松散的画人社团——"上海漫画会"的成立，标志着上海进步漫画家政治意识与社会意识的进一步提升。这个漫画会的成员中，丁悚、张光宇、张正宇是资深漫画家，黄文农、叶浅予、鲁少飞、王敦庆、蔡输丹、季小波、张眉荪都是在海军总政治部、淞沪警察厅政治部等机构中从事艺术宣传的革命干部，再加上从事电影美术工作的胡旭光，先后共有十一人在列。当着"政治部散，牛皮带断"（语见丽明《画人描画录》，一九三四年九月《新潮杂志》第一期），漫画与革命相对脱节之后，上海漫画会成员张氏兄弟、叶浅予、鲁少飞、黄文龙、王敦庆等，又于一九二八年春季，在上海新成立了因应市场化运作的画人组织——中国美术刊行社（先设在山东路麦家圈弄，后又迁到九江路中央商场），持续两年的时间，编创、刊行了著名的《上海漫画》。其后，一些有代表性的漫画刊物也在三十年代陆续出台，并逐步依托商业化的文化生产机制，快速繁盛和风行起来，培育起大量的以市民为主的消费群体，调动、积聚起新兴漫画家自身的力量和才性，并促使他们在画艺上渐趋丰满与成熟，进而催生出一个流光溢彩的"漫画时代"。在这一过程中，《上海漫画》（*Shanghai Sketch*）扮演了一个兼具开创性、引领性的角色，风行一时，风景妍好，书写了民国美术史和期刊史的绚丽华章，成为"中国现代漫画大发展的契机与标志"。（叶冈《中国漫画的早期珍贵文献：〈上海漫画〉》语，见《上海漫画》合订影印本，上海书店一九九六年九月出版）从一九二八年三月创办，到一九三〇年六月宣布"并入《时代》画报"，这份周刊，持续出版了

一百一十一期（包括创刊号）。中国美术刊行社曾在
《上海漫画》第八十九期刊出整版广告，宣称"以贡献
为怀，期望中国出版界文艺界树一盛大之新潮"，旗下
的这份刊物"销遍国内外，读者二万馀"。当时的商业
成绩和社会影响，可见一斑。以《上海漫画》的风行为
标志，漫画刊物的繁盛、漫画名家的积聚及其社会影响
的扩大，都预示着中国新兴漫画大发展的艺术前景。李
超先生认为，二十世纪前期，"以上海为中心的现代主
义艺术呈现国际化、精英化和大众化的格局。呈现其架
上绘画及其他相关视觉艺术形态的丰富性。范围涉及油
画、水彩、版画、漫画、插图等，由于相关画家的文化
身份的多重性，使得中国现代主义艺术实验形成'合
力'作用"（《中国近现代美术文献十讲·上海客厅》）。
《上海漫画》群体的艺术探索与实践，无疑是这种"合
力"促成的重要一环。

诞生

　　关于上海漫画会与《上海漫画》之间的关联，漫画
家兼漫画研究家毕克官主要凭着两者在成员上的大致竞
合，较早提出刊物本身即由"漫画会创办"（《中国漫画
史话》，山东美术出版社，一九八一年出版）的观点；
《中国美术期刊过眼录》（上海书画出版社，一九九二年
六月出版）的作者（许志浩）也认为，"出版《上海漫
画》是漫画会的主要活动之一"；《中国美术全集：漫画
卷》（天津人民美术出版社，一九九八年十二月版）的
编者（华君武）以及《上海美术志》（上海书画出版社，
二〇〇四年十二月出版）、《上海美术史札记》（上海人
民美术出版社，二〇〇〇年十二月出版）的编、著者
（黄可）均袭用此说，似乎已成定论。实际上，他们的

　　说法，不但忽略了上海漫画会的革命色彩及干预社会改造的宗旨，与《上海漫画》将社会批判精神化入调笑与讽喻的旨趣之间的重要差异，更在某种程度上，夸大了漫画会实际发挥的作用，与历史事实并不相符。

　　上海漫画会无疑是同人性质的。"几个人的组合，完全因为是志趣相投"（《漫画会宣言》语，原载一九二六年十二月二十五日《三日画报》第一百五十七期，转引自张伟《满纸烟岚：人物·书刊·电影》，上海教育出版社，二〇〇七年八月版），漫画家们在"工作纲领"中提出的"研究讨论漫画之社会功能、发挥漫画的社会积极作用""以绘画的武器，积极促进社会革命"，体现了他们艺术思想上的觉悟与认同，却只是一种高调的"理想上的目标"（《漫画会宣言》语）。王敦庆回忆："漫画会集会至少二十多次。多在丁悚家。活动内容是讨论绘画知识。构图、解剖、色彩都涉及。最重要的是讨论漫画的功能。"（据毕克官《漫画家访问记》，收录于《中国漫画史话》）据《上海美术志》记载，漫画会曾分别于一九二七年六月八日、十月八日举行常会，十月三十日《时报》副刊《新光》（第一百三十六期）曾刊出十一位成员合影，并报道他们正筹备"第一次公开展览会"。而漫画会有关"出版丛书，创办刊物"的工作计划，似乎也就具体落实在自担名义地编刊《文农讽刺画集》这件事情上——画集的书封上，明显地标列出由黄文农绘稿、王敦庆刻制的"漫画之龙"会徽（据《三日画报》报道，此徽并非由张光宇设计）和"漫画会丛书第一种"字样，王敦庆在为画集所作的序文中，主张把"讽刺画的艺术"当作"改造国家的宣传品"，用来反抗"以武力高压而不讲公理的新旧帝国主义者"，表示黄是"漫画会同志，自己人不捧，再捧什么人呢?"。漫画会的成员们，曾议及共同创办漫画刊物之类的"会务开展问题"，但并无证据表明，漫画会以自己的名义实际创办了《上海漫画》。实际上，随着政治形势的变化以及漫画家同人圈的更新、变化，以上海漫画会为名义或连索的组织活动，差不多已经停止了。

二十世纪的二三十年代，曾先后出现过三种不同面目的《上海漫画》。如果不特别说明，一般说到《上海漫画》，指的就是以中国美术刊行社名义刊行的漫画周刊。该刊一共出版了一百一十期（一九二八年四月二十一日至一九三〇年六月七日）。在此之前，则先有一个由王敦庆起意并鼓动黄文农、叶浅予参与创制的"形单影只"的《上海漫画》"处女作"（叶浅予语），于一九二八年一月二十日出版后，却未能发行（上海书店出版社出版的影印本收录了此刊，许志浩在《中国美术期刊过眼录》中，提到《上海漫画》"第一期编辑完后，因印刷公司改装，到四月二十一日才正式出版，刊上日期仍标一月二十日"，显然混淆了前、后两刊）。在此之后，一九三六年五月至一九三七年六月间，上海独立出版社又曾出版过由张光宇主编的《上海漫画》半月刊（十六开），一共出版了十三期，相比而言，社会影响就小多了，名号也几乎被前刊专享了。

作为当年上海漫画界的重要知情人，叶浅予在他的晚年回忆录《细叙沧桑记流年》（北京群言出版社，一九九二年六月初版）中，对《上海漫画》的编刊过程和创作经历，多有追记。虽说书中的记载，偶有谬误，比如，将刊物合作者"胡伯翔"误作"胡伯诩"（也可能是手民之误）；将张光宇为《时代漫画》创刊号所绘封面画，误作张"对《上海漫画》的贡献"；将"脱胎换骨后的第一期《上海漫画》周刊"的出版时间误作"一

《上海漫画》封面之一，叶浅予绘画

九二八年三月二十二日"（应为"四月二十一日"），但这些局部差错，并不影响回忆录总体上的完整性，叶氏有关《上海漫画》的亲历叙述仍具有一定的史料价值。

关于《上海漫画》"处女作"的创意过程和收场命运，叶浅予回忆："王敦庆得知我又失业，找我说，支援罢工的画报有看头，可以仿照这个样子，自己办个画报出下去，问我有没有劲儿。我说，反正没事做，只要有人支援，我就拼命干。他说，黄文农目前也闲着，他去说动黄，请他合伙画一个长篇，再请几位拿笔杆的朋友合作凑点文章，不就编成了吗!""画报出版之前，曾和望平街的报贩子打过招呼，但没有讲清楚画报的形式和内容，报贩子不敢担保准能上市，只是口头上表示可以接受代理。画报印出，我和王敦庆送到望平街，报贩子看到只半面有字有画，另半面空白，就皱起双眉，说这哪像一张报，没法上市。几经商量，仍遭拒绝，我们垂头丧气，只好把画报都拉到废品收购站当废纸卖掉，欠下的印费、纸张费如何偿还，记不起来了。当时我们三人合伙，黄文农供画，我管跑腿，王敦庆管编务。三人中只敦庆在一家中学教书，有固定收入，可能就是他挖腰包结束了这场失败的出版活动。"这些办刊细节说明，草创《上海漫画》实属王敦庆、叶浅予、黄文农等人的合伙行为，经费也是王氏自筹的，看不出上海漫画会在活动中有任何的组织运作。

叶浅予又回忆，"处女作"收场后不久，由"小集团的首脑"张光宇领导创制的《上海漫画》重新登场："一百磅道林纸半张，折叠成八版，彩色石印漫画四版，单色铅印摄影与文字四版，总编是张光宇，副总编是张正宇和叶浅予。四版漫画中，第一版是封面画，四五两版是名家作品，经常供稿的有黄文农、鲁少飞、王敦庆、张正宇诸人，第八版是叶浅予的《王先生》长篇故事画。"这一刊物，仍然以圈内同人为基本的创作班底和出资主体（王敦庆起先同意合伙，后来因为与张正宇发生矛盾，选择了退出），主创者们自组"中国美术刊行社"作为艺术生产与市场运作的平台，又引入外围摄影家郎静山、胡伯翔、张珍候等人参与合作，同时，以商业广告的方式，吸纳一定的社会资本增加经济实力，终于"创出了《上海漫画》这块新牌子"（叶浅予语），这些工作都与上海漫画会没有什么组织与业务上的联系。有意味的是，新刊《上海漫画》的第一期和第一百期（纪念号），曾先后刊出由张光宇设计的"中国美术刊行社"的社徽——"龙马精神"的图片，一定程度上表达了对这一艺术组织的归属感、认同感；刊物虽曾多次报道天马会等艺术团体的活动情况，却从未涉及上海漫画会只言片语，画报上也从来没有打出过"漫龙"徽记。

除了回忆《上海漫画》的初创过程，叶浅予记录刊物对"飞来横祸"的应急处置（因发表《世界人体比较》栏目，遭到公共租界临时法院的指控，叶浅予以刊物负责人的身份出庭应诉），以及"拆伙停办中国美术刊行社"后，并入《时代画报》（半月刊）的"最后命运"，都始终没有提到过"上海漫画会"，这恐怕并不是他的一时失忆或刻意回避。

总之，"上海漫画会创办《上海漫画》"，是一个习非成是的说法，上海漫画会对《上海漫画》所发生的影响，多半只是一般性的背景意义上的。

影响

对《上海漫画》的创办意义和历史影响，前人、后人在他们的美术史叙说中多有标举。比如，民国漫画家黄士英就在论文中说："《上海漫画》在中国的漫画史上树起了一个崭新的旗帜，全部接受多方面的西洋漫画技巧，执笔者张光宇、张振宇（按：张正宇）、黄文农、叶浅予、鲁少飞等，具有完美的形色，彩色漫画的具体化，内容尽情的描写都市生活的病态，所以很能够抓住都市的大部分的读者，漫画无疑地已经正式成为了一个具有意义与旨趣的艺术，开展出一条新的路径，同时博得一般读者普遍的了解与欢迎。"（《中国漫画发展史》，上海《漫画生活》二卷一期，一九三五年）漫画家汪子美也曾撰文评价："能以集团群的开拓作小规模的举创正式向新的时代弄姿，对旧的遗存示威的先锋队，应当是中国美术社（按：中国美术刊行社）出版的《上海漫画》"，"在中国漫画史上，不失为最值得纪念的一个阶段"（《中国漫画之演进及展望》，《时代漫画》第十三期）。这些代表性的论述，主要是从中国漫画艺术发展的历程上着眼的。如果把《上海漫画》放到一个更大的社会、文化背景下来看，无妨说，它是一部分民国先锋派美术家，在世界现代主义思潮冲击下，不拘陈法，积极参与中国新美术建构与播布的重要成果之一。

美术史论者吕澎在《美术的故事：从晚清到今天》（北京大学出版社，二〇一〇年五月版）一书中总结道："二十世纪二十年代是国民政府的建设时期，在大多数知识分子看来，中国这时正处在国民革命之后的现代化进程中，社会风尚、工业与都市的建设尽管严重地受到旧的历史问题、国民政府机构的管理水平、现代知识教育的普及程度、日本帝国主义的入侵以及国共两党的武装冲突的影响，然而，现代化的建设仍然构成了人们生活的一部分。作为呼应这种社会变化的语言形式，现代

主义的艺术有着它的社会空间和感觉空间。"二十世纪
二十年代中后期的中国美术界,在探索现代艺术方面,
先后兴起、成长了好些股头角峥嵘的同人化组织力量
(艺术社团)。虽然各自拓展的"社会空间"不尽相同,
创作风格也有所差异,但其成员大都受到了源自欧陆、
传诸东瀛的各种现代艺术观念与作品的熏染与刺激,培
养了现代艺术的"感觉"和趣味。艺人们不拘国族文化
传统,以开放、大胆的姿态,借助一些新兴的宣介手
段、传播途径(书籍、报刊、画展、学校等),自觉、
敏锐地投身到更加注重主体性与形式感的种种新美术、
"新派画"的探索、创作过程之中,吸纳新说、借鉴新
法、别出新格,开辟了各自的艺术道路——举例来说,
就有以林风眠、林文铮、吴大羽、王代之、刘既漂等人
为代表的,倡导"重估中国画价值""调和中西艺术",
推动"中国文艺复兴"的"国立杭州艺专"及"艺术运
动社"群体;以庞薰琹、倪贻德、王济远、陈澄波、周
多等人为代表的,主张"自由地、综合地构成纯造型的
世界""用新的技法来表现新时代的精神"(《决澜社宣
言》)的"决澜社"群体;以潘思同、陈秋草、方雪
鸪、都雪鸥等人为代表的,注重介绍、宣传具有装饰趣
味的现代艺术新品(所谓"诗意的构图,装束,图案,
建筑,以及一切讽刺和日常生活之漫画等",语见《白
鹅的起始》),并致力于艺术教育的"白鹅画会"、"白
鹅绘画研究所"群体;以徐咏青、郑曼陀、杭穉英、谢
之光、周柏生等人为代表的,专事于所谓"月份牌画"
(水彩擦笔画)商业美术创作与业务推广的职业化的
"艺友社"群体(其积极作用,一向为人低估);此外,
还有以"上海漫画会"班底人物张光宇、张正宇、叶浅
予、鲁少飞、黄文农等为骨干,以推动新兴漫画发展为

职志的中国美术刊行社及《上海漫画》主创群体（他们后来也自称是"时代派"）；等等，不一而足。

值得关注的是，《上海漫画》主创群体，在消化、吸收华夏民族传统艺术养料，取法、借鉴西方现代艺术风格与手法的基础上，将社会批判意识化入调笑与讽喻，集中绘制了一批富有装饰性的主题漫画及大量"黑白画"、"抒情画"、"风情画"作品，并关注"工艺美术之研究"，探索"关于物质艺术生存的方法"（张光宇语，见《〈近代工艺美术〉序言》），在中国新兴美术创作及其延伸应用领域（如商业广告、室内设计、书籍装帧、舞台美术等），创造、展示了比较独特的"语言形式"和美学风格。美术家郁风曾说，"中国现代派美术是以三十年代漫画为先锋的"，《上海漫画》在这方面，可谓滥觞肇迹、具体而微的一个例证。

特色

以期刊史的视角，回顾《上海漫画》的创办过程，不难发现，该刊在编辑章法与运营形态上，也都颇见特色，并不拘泥于单一、现成的方式，具体操作手段也比较灵巧。这表现在相互关联的几个方面：

一是在刊物属性的把握上，虽名曰"漫画"，却不是单纯的漫画杂志，而是定位成以图驭文、图文并茂的"画报"，或谓兼容绘画、摄影及文字等多种体裁的综合性、消费性文艺杂志。上述"中国美术刊行社"广告中，主事者对刊物旨趣的自我表白，是"政治问题社会问题生活问题的总描写"，而对编刊方针的外部宣示，则是"以漫画为中心，国内最有声望之漫画家已允付其全部创作发表于本刊，外界将绝少流露，当今世界人类生活之享受咸趋向于敏捷流利之时代，'漫画'实为滑稽讽刺两种趣味所溶成的刺激品！本刊的内容，就是我们所想望的美妙舒畅之图画与摄影！"不过，多样混杂的内容，总体上却统摄于特定的审美趣味，并始终以漫画为主要体裁和消费看点。

二是在刊物制作的形式上，半"金"半"石"、亦"报"亦"刊"，即适应当时的技术条件，同时采用"石版"和"铜锌版"两种印刷技术，并与刊中不同体裁内容保持比较稳定的对应关系，包装与呈现的风格，则近于报纸，得其便利与自然。刊物以一百磅道林纸印成，八开本，每期半个印张，折叠成八个版，彩色石印四版（一、四、五、八版），主刊漫画，铜锌版单色铅印四版（二、三、六、七版），主刊摄影和文字，兼及绘画，商业广告则约占四分之一左右的版面。顺带一提的是，杂志的承印单位，因此也不固定：石版部分，先后由（南京路）生生美术公司、（热河路）大新印刷公司、北平五彩石印局、瑞泰手帕厂印刷部代印；铜锌版部分，则先后由（望平街一六四号）美新制版公司、（新闸梅白路三一五号）华美制版公司承接。

三是在业务发展的策略上，主事者注重将集约化的艺术生产与商业化的经营运作有机结合起来，积极调适，发挥两方面优势，并着力以前者统驭后者，后者服务前者。当年，叶浅予为《上海漫画》的"百期纪念号"，专门写过一篇《漫画生活："王先生"供状》，将"登场"刊物的画中人物"王先生"和"小陈"的故事，总结为"'命运'玩弄着极大的权威，演成滑稽可笑的喜剧"——着眼于美术形象的塑造，道出时代对画人、艺事的滋养和引导，创作有一定被动性的法则。相比而论，《上海漫画》杂志的成功，更多的则是主事者适应当时的艺术生产场域及机制特性，积聚资源、主动而为的结果，特定的历史文化背景和商业文化氛围，构成了一种无形的"权威"，制约、影响了杂志的"命运"。尽管叶浅予接着在这篇文章中"供述"：他与张氏兄弟以及黄文农、鲁少飞等几位主创人员"筹办"并"扶植"这份杂志，乃是期待着把一点馀留的精神，"来开垦这自己的园地"，似乎局限于相对单纯的漫画艺术思维，比较关切的是它一定程度上的同人性质。但在六十多年后，当他"细叙沧桑记流年"（叶氏回忆录书名，北京群言出版社，一九九二年六月初版）、"寻根思源话洋场"（前书第一部《上海创业史》的最后一章）之际，对《上海漫画》的成功因素，已有了更加全面的认识：尽管还是抱怨"和张氏兄弟相处三年，觉得老兄（按：光宇）是个真正的艺术家，老弟（按：正宇）虽也从事漫画创作，所作所为毕竟带点市侩商人气。那三年，他掌握着《上海漫画》的经济大权，和报贩老板关系打得火热，各家广告客户，由他个人打交道"云云，却不得不承认，《上海漫画》"能维持三年之久，最有力的保证是张光宇老大哥的老谋深算，团结有力，加上张正宇的社会活动能力强，拉到不少长期广告合同，给画报增加了经济实力"，自己只"是这个群体的小弟弟，最年轻，最卖力"。近现代社会，"商业图书装帧设计师得以从一大堆麻烦事中脱身，唯独躲不过'图书的买点是什么'这个问题"（埃里克·吉尔语，《埃里克·吉尔谈字体、排版与装帧设计》）。为了生存和发展的需要，"二张一叶"的一群人，既培养着对新兴漫画艺术会合以求的"同人气"（汪子美所谓"集团群的开拓"），又不排斥营销利益上锱铢必较的"商人气"，两种气息纠结、交融，达到适度的平衡，终而合成一股推力，助其"创出了《上海漫画》这块新牌子"（叶浅予语）。

　　说到《上海漫画》主创群体中，"同人气"与"商人气"的交集、合流，可以从不同的角度来分析一下。这里，不妨引入所谓"封面大画"编创和运作的一些故实，来略加说明。　"封面大画"的说法，出自叶浅予——他在回忆录中提到，那时候，"他们几个人包揽"了"（《上海漫画》）第一版封面大画，要求质量特高"，而他们认为"封面，该应（应该）是出版物最重要的生命"（第一期《本社启事》）。"面子"是以"底子"为前提的——"大画"，要以大的杂志开本和形态为基础。随着现代印刷技术的引用，民国初年，上海地区就已出现了大开本的画报类书刊，如有正书局以进口的珂罗版印刷机印制的八开本美术书册《中国名画》，一九二三年七月创刊的《漫画》月刊（徐卓呆主编，上海生生美术公司发行）、一九二六年一月创刊的《美术画报》（周湘主编）等，也都是八开四面的报形美术期刊。一九二六年二月，上海良友印刷所一班人，以"普及教育，发扬文化"为使命，创行了大型综合类（摄影、美术、文学）画刊——《良友》，九开本，道林纸精印。经由前两任主编伍联德、周瘦鹃的探索和铺垫，到了第三任主编梁得所手中，《良友》已发展成为畅销中外的海上名刊（马国亮在《〈良友〉忆旧》文中，称其"推向鼎盛"），取得了良好的市场业绩，一时引领了出版传媒风尚。同时，在前人基础上，进一步确立了一种读者普遍认可的成熟版型。"画报老手"张光宇，对这种大开本版型的画报并不陌生，他回忆道，一九〇七年，吴稚晖、李石曾、褚民谊等人在法国巴黎编行《世界》画报，"在上海四马路望平街（即今天的福州路山东路口，时代图书公司的附近）有一家挂着世界社牌号的书店，看见过一种八开大本，格式精善，印刷美丽的画报……

给我以极深刻的印象。当时我即爱不忍释"（《吴稚晖先生谈〈世界画报〉》，一九三五年五月发表于《万象》，见《张光宇文集》，山东美术出版社，二〇一一年三月版）。且不论只出版了两期的《世界》画报带给少年张光宇的强烈触动（《上海漫画》第十三期也曾专题介绍《世界》，称"如此报能于今日重刊，定能畅销也"），时正走红的《良友》画报，其成功的版型模式与市场经验，多半成为以他为首的《上海漫画》主创者直接模仿与取法的对象。

不过，"二张一叶"的一群，不单是凭着一种"商人气"的市场逻辑，求其"大"者，作为新兴漫画艺术共同体的成员，他们的这种版型选择，多半也包含着在"同人气"的创作氛围下，合力推动画种独立、画艺发展的内在动机。晚清时期，"凡在报刊上发表的带有政治或社会寓意的画，曾经用过'讽刺画''滑稽画''笑画''寓意画'之类名称"（叶浅予语）。有论者认为，民国初年，"最好的西方平面艺术和讽刺艺术，事实上尚不为中国所知"（迈克尔·苏立文《二十世纪中国艺术与艺术家》）。现代意义上的"漫画"还没有成为一个独立的画种，获得广泛的社会认同，"一方面普通的群众每多以抓获不到具体的意识形态为怀疑，一方面高踞沙龙宝坛为深藏艺术之宫的权威者又每视为雕虫小技而蹙眉"（汪子美《中国漫画之演进及展望》）；由于画家地位普遍不高，他们基于一种民族主义情绪和职业意识，在争取社会批判话语和漫画艺术成长的过程中，对作品的发表阵地及刊载形式（尺寸、位置等）多所措意。《上海漫画》第十八期，曾登载丁悚的文章《亡友泊尘》，忆起漫坛先锋沈泊尘的一则逸事，以"窥其个性"，说明他"讽刺画的作风"："一次，新《申报》主人托（王）钝根请他画插画画得小些，省得多占篇幅——因为当时锌版尚未盛行，插画以木刻的居多，他说，'可以可以，明天请老板预备三千个显微镜随报附送吧！'。"沈泊尘的这句笑谈，流露了他对讽刺画（漫画）附庸地位和局促状态的严重不满。张光宇也在他的文章中提到这件事："当年上海的讽刺画巨匠沈泊尘先生曾遭遇了《申报》的不能刊用他的力作，愤而自创《泼克》画报（按：指《上海泼克》，副署《滑稽画报》），大大发挥了他的泼辣的天才……"（《漫画与新闻》文稿，作于一九四五年十二月，见《张光宇文集》）。北伐战争时期，暂时可以让一些漫画家把他们的"大幅宣传画送到大街上去张贴"，"大大出了一口几十年受洋人欺凌的窝囊气"（叶浅予语，见《细叙沧桑记流年·上海创业史》），王敦庆在他为《文农讽刺画集》所作的序言中，却仍然不满足于讽刺画（漫画）在一些报纸中的"小"乃至于"无"的境地："你看我们上海的（讽刺画），只有妖言惑众的'报屁股'的，而无说公道话的'报嘴巴'的华文 Leading Papers，它们的老板不是也有派人出洋研究过'报学'的吗？何以不采用西洋报纸的习惯，把讽刺画做成十馀寸长大的锌版或铜图，插入重要新闻栏内呢？反转把它缩小成豆腐干一样大小，留出地位来登花柳病灵药的广告和登'读到此处，请念滥污阿弥陀佛一次'的变相心经呢？……还有一张华文 Leading Paper 从前也有'聊胜于无'的讽刺画，现在索性取消了……其所以如此者，乃因'讽刺画实在没有什么道理'：其一就是多数的读者不能了解它的旨趣，其二是画得形容过度了，又怕捉将官里去，或封报馆。"黄文农在他的画集《自序》中也表示："讽刺画占报纸的重要部分，外国报讽刺画制版很大，放在重要的地方，中国报大都附在小品文字的中间，当作一种滑稽性的游戏画，这种态度却侮辱了讽刺画的真义，所以我主张中国讽刺画也须择适当的地方安放才是。"——带着几分无奈，讽刺画家们以他们擅长的调侃方式，来消解他们心中的某种压抑。正是基于这样的心境，"二张一叶"一群人，在一种扩展漫画艺术独立局面，摆脱时事新闻附庸与陪衬地位的集体心理驱使下，及时把握特定的社会条件和机缘，为自创的《上海漫画》选择了比较阔大的开本和版型。顺带一提的是，张光宇与叶浅予于一九三七年三月，曾共同主创以漫画为主的大型杂志《泼克》（仅出版一期），出于同样的艺术与市场动机，选择的还是"八开大本"，可谓《上海漫画》的版型流亚。

大画

那么，他们是如何本着艺术与市场双重追求，来具体经营《上海漫画》的"封面大画"的呢？以下几个现象值得关注，大致可以说明一些情况：

首先，在版面编配上，自始至终为主题"大画"，保留着显著的专用刊位，封面上几乎排除了其他体裁的内容，包括摄影作品和商业广告。商业广告，通常是市场消费性刊物的重要收入来源，《上海漫画》自不例外。据其发布的"广告价目"，"封面彩色"广告每格每月二百四十元、"普通彩色"广告每格每月四十元，"单色"广告每格每月二十五元，"一格起码，短期面议"，"每格高二英寸宽二寸四分之三"（按：每格高约合五厘米、宽约合六点九厘米，整版可纵向分列三组、横向分列六组，共可得十八格；亦可按格为单位灵活拼版）。《上海漫画》的大开本版型选择，为经营者挖掘商业价值提供

了一定的空间，操作得法的话，广告版面的可期待收益
当收经济保障功效。从价目上看，封面广告的价码远远
高于其他版面，固然出于一种商业惯例，但未尝不体现
主事者对封面价值的珍惜，客观上也可制约商业刊位对
版面的过度侵占。实际运作过程中，无论是石印部分，
还是铅印部分，从第二面到第八面，一般都刊出了六格
左右（约占三分之一版面）的商业广告（中后期，单色
广告大幅度减少），占有相当大的比例（不过，《上海漫
画》的商业广告，主要由画家们自行设计、绘制，多呈
漫画风格，风格比较统一、协调）；封面上广告刊位，
虽在招商开放之列，但主事者并未滥用，只在前十七
期，每期刊出六分之一版面的条状广告，其后则基本绝
迹。在这方面，《上海漫画》较好地把握了艺术创作与
市场营销之间的需求平衡。

其次，在"大画"用稿上，基本由主创群体的几位
成员包揽，虽不乏外围作者投稿，实际刊用者则很少。
先要说明，《上海漫画》并不绝对排斥外稿。如果说，
主事者在第一期《本社启事》中，只是笼统地表示"因
为稿件与印刷两方面，所负担的，都异常吃重"，"十二
分希望同情的读者们的扶助"，其征稿意向还比较含混
的话；那么，第三期刊出的《征稿》启事，开放的态度
就很明确了，略云："本报取材力求丰富，兹再定征稿
条例如下：照片——新闻的，仕女的，美术的，古迹的，
科学的，风俗的。画稿——讽刺的，新装的，滑稽的，
图案的，描写生活的，发挥艺术的来稿一经录用，酬金
从优……"不过，从后来用稿的总体情况来看，除了翻
拍图片资料，摄影（包括新闻、风景、人物及中外艺术
品等主题）及文字部分，外稿占到了相当比重，而漫画
艺术部分，社会参与度相对不高，取用的稿件，以比较

固定的主创群体的作品为主，外来散稿为辅。这一状态，也没有因为"画报销路上升了，读者的漫画投稿也渐渐多起来"（叶浅予语），出现大的变化（后期曾辟出《读者漫画》、《生活与时代的漫画》等专版，刊登中国美术刊行社滑稽讽刺画函授部社员、学生及一些读者的作品，但数量非常有限）。而对于艺术质量要求更高的"封面大画"，以"二张一叶"为首的几位核心人员（即叶浅予所称"开山老祖"、张光宇所称"漫画同志"），更将发稿权握在自己手上。全部一百一十一幅的"大画"，作者集中度很高。统计下来，鲁少飞绘二十二幅、黄文农绘十九幅、张光宇绘十八幅、叶浅予绘十七幅、张正宇绘十五幅——"五虎将"拿下了九十一幅，再加上沈光汉、万籁鸣各绘三幅，一共约占总数的百分之八十七。此外的几位客串作者，包括曹涵美、陈秋草、方雪鸪、叶灵凤、丁悚、陆志庠、孙青羊、徐进、壮也、杨术初等画家，则人各一幅，聊备一格。叶浅予后来回忆：经过了初创阶段，"有人敢于向画报封面大画，我们几个老手也敢于放开手脚，让新手占领这块阵地"。这只是一种开放的姿态（也是策略），大门固然敞开着，但设置了艺术质量的门槛，外稿的择优采用，终是很有节制的。不过，为了提高一般读者的参与兴趣，扩大刊物的社会影响，《上海漫画》曾举办过一次"征求封面画比赛"，主事者在第四十六——四十九期，连着四次刊出了类如"大画悬赏"的启事，承诺对取录的前三名获奖作品，除了分别奉酬十元、五元、二元，还将从第五十一期后发表。其后，《上海漫画》如约刊用了从五十徐幅（据第五十期刊登的截稿启事）应赛作品中胜出的三幅，即冯英士的《快乐的青春》（第一名，五十一期）、杨明之的《"唅！"》、（第二名，五十二期）和胡

《上海漫画》封面之二，鲁少飞绘画

同光的《漂萍》（第三名，五十三期）。这一活动，对封面向不多采外稿的"同人气"作风，算是一种适度的突破，既坚持了漫画艺术的标准，也兼顾了市场推广的需要。

再次，在"大画"编创上，"二张一叶"的一群人，多能专于艺事，描摹世象，捕捉世风，将感怀与思考注入漫笔，创作出一批成功的作品。《上海漫画》创刊不久（第五期第六版），即刊出《张光宇、张振宇、黄文农、叶浅予启事》："同人近组织本报，以有限之精力，供给于此极有使命之刊物，尚恐有所不逮，故自即日起对于外界临时索稿，一概谢绝，诸希原谅！"——亮明他们心无旁骛、倾力创作的态度。《上海漫画》第一期，由领头人张光宇，手创极富"现代口味"（廖冰兄语，见《辟新路者》）的刊题字体（其后一直沿用，间或略有变格），并绘出定调、命题意味的第一幅"大画"——《立体的上海生活》，题旨上呼应"有感受上海生活百宝库的伟大与丰富，也只有来表现些能感到的努力"的编刊宣示。在他营造的"同人气"的创作氛围下，主创艺术家们并未守着漫画的"战斗性"不放，而是多以调笑与讽喻的姿态和手法，着力描摹"黄海怀抱里的上海"所发生的"大生命混合牵引的自然现象"，露出欢场人生的灰暗底色，演绎"功利与心灵的冲突""芸芸众生的幻变"——（引语见《发刊的几句说话》，《上海漫画》第一期）；在形与色的表达上，则适应一般市民社会的审美需求，"烘托""由感情创造的现代的'线'与'光'的美"（卢梦殊语，见《上海漫画百期纪念》），显现海派流行文化的一些特点。随手翻开《上海漫画》合订本，且看另外几位"漫画同志"，如何展开他们的主题挖掘——放着很多气力承担刊物的市场营

《上海漫画》封面之三，徐进绘画

销业务，却没有荒废自家艺圃的张正宇，创作了《空即是色》（十八期），向"闭目而坐之佛"，追问"女性为兽欲之魔"的说法，有无"公正之意义"（鲁少飞语）；肩负了大型连载漫画《王先生》和"大画"编绘的双重任务，精力充沛的叶浅予，创作了《命运》（十九期），表现挣扎在"梦想的境域"的俗众，既不能"抵抗命运的权威"，何不在磨难中承受"意外的欢乐"（叶浅予语）；正处于创作高峰期，先已汇刊个人《讽刺画集》（一九二七年），不久又将有《初一之画》问世（一九二九年）的黄文农，既长于政治批判，却也尝试剖解风情，创作了《和谐之音》（三十二期），感叹"我们不能像小鸟一般倏忽，又不能像清流一般长久！只这刹那的青春"，如和谐乐音，"可以尽量地留恋，永远遗留"（鲁少飞语）；而善于渲染"洋场"诡情异色、表现红尘男女沉浮，不乏文艺写作禀赋的鲁少飞，则创作了《上海人》（二十二期），道破"物质的压迫，欲望的放纵，人们都脱不了在这转圈的轮里攀牵"的惯性，"快乐、幸福、和平永远是旋转着的幻像"，谁也不能真正得到（鲁少飞语）；等等。为了帮助读者理解作品的主题和内涵，渲染"大画"的艺术效果，《上海漫画》初期，曾编发同人们释读已刊画作的诗化短章（前引鲁少飞、叶浅予语句，即出自这些文作），同时配发封画的单色小图。这种做法，似乎也代表着"艺术与市场双重追求"之下，"大画"主题的某种"变奏"。

最后，在画艺探索方面，"二张一叶"的一群人，通过《上海漫画》的"大画"创作实践，各有丰富的收获与积累。这一时期，是他们充分吸取中外艺术养料，培树个人艺术风格并参与"集团群的开拓"的重要阶段。以张光宇为例，尽管在《上海漫画》时期，他还没有与对他影响很深的墨西哥艺术家哥佛罗皮斯（Miguel Covarrubias）会面、切磋（一九三三年十月，上海），也还没有发表成熟风格的插图集《小姐须知》、《民间情歌》（分别由上海中国美术刊行社、独立出版社，于一九三一年、一九三六年出版）及连续漫画《西游漫记》（一九四五、四六年展出），但他为《上海漫画》的封面，既创作了《腐化的偶像》（六期）、《缤纷》（十一期）、《做牛马》（七十二期）、《无题》（十一、十四、三十八期）等偏重传统漫画技法的部分"大画"，更重要的是，又在融会中外艺术的基础上（他后来曾说，自己的"来头，一个是民族民间，另外对墨西哥、德国的东西比较懂"——见讲课记录稿《黑白画》），开始注重在造型艺术上，由"模拟""象形"向"装饰""形式"方面倾斜，逐步摸索自家艺术风格，绘出以《立体的上海生活》（第一期）、《牌》（二十期）、《国民之魂》（二十六期）、《新春》（四十三期）、《善》（五十四期）、《哦，甜蜜的上海》（八十七期）、《漫画家的梦》（一百期）、《一九三零·之夏》（一百零八期）等为代表的一路作品，初步显现以"方和圆的基本形来收拾、规整对象"（丁聪语，见《创业不止的张光宇》），具有"方中见圆""奇中寓正"（张仃语，见《张光宇的装饰艺术》）特点的装饰性、程式化的个人风格。受他的影响，张正宇也创作了《财神》（四十二期）（按：北京三联增订版黄苗子著《画坛师友录》，误称为张光宇之作）、《狂舞》（五十七期）、《无题》（六十二期）、《女发》（七十九期，专号）、《新山海经》（八十四期）、《一九三零年新春》（九十三期，专号）、《陶醉的一夜》（九十八期）等类似风格的封画作品，而叶浅予所绘《安慰》（八十九期）、黄文农所绘《街头》（九十七期）、鲁少飞所绘《她想要怎么都是为她所有》（一百零四期）等，也都大有装饰趣味和风俗画特点，"在有意无意中互相袭取了种种观点形成其相似的旨趣"（汪子美语，《中国漫画之演进及展望》），体现了他们在艺术探索上同气相求的一面。

馀波

在创作成果的运用上，《上海漫画》主事者通过编售"汇刊"与"丛刊"，进一步扩大和巩固"大画"等艺术作品的传播效应，营取一定的经济效益，扩大了社会影响。像《上海漫画》这种形制的刊物，呈现风格近于报纸，开本大，本子薄，并不容易完整收集和妥善保存。为满足读者集中购藏的需要，除了在后期曾组织编售《王先生》与《世界女性人体比较》两种专集，创刊不久即分别以联号或零散的十期《上海漫画》杂志为单元，合订一集，名为"汇刊"或"丛刊"，公开发售。"汇刊"每集实价大洋一元二角，预约只售大洋一元，"丛刊"则每集零售大洋六角；对读者持有已刊杂志而"欲有精美之装钉（订）者"，也可提供有偿装订服务。据第十七期所刊广告，第一集"汇刊"发行后，大受读者欢迎，很快销售一空，决计再版一千册，据第三十六期所刊广告，该集后来又加印了五千册。《上海漫画》出版以来，美术刊行社先后共编售"汇刊"十集、"丛刊"两集，售量可观。汇集成果能被市场消化，一个不可忽视的因素是——《上海漫画》艺术领头人张光宇，亲自为全部"汇刊""丛刊"逐一设计、绘制了装饰性风格的外封。第十四期刊出启事，告称即将发售的第一集"汇刊"本，"封面用极坚固的色卡，三色漆印最新式图案，异常悦目，开封面界从来未有之面目"；后来的第五集"汇刊"广告也号称"由张光宇先生精绘彩色封面，极艳丽动人，为其得意之作，本社不惜工本，特用最合适之凸漆版印刷，颜色格外鲜美，在国中当推首创"云云，他的装帧成为"大画"作品营销的"亮点"和"看点"。从《上海漫画》广告介绍和附载图样来看，"汇刊""丛刊"的装帧，新颖、素净、入时，无论是在图案、字体、印制的细部设计上，还是在装饰性风格的整体呈现上，都与《上海漫画》的"大画"品质、海派风尚适配，既是张光宇的"得意之作"，也是他工艺美术研究、实践的"上心之作"。通过"汇刊"与"丛刊"编售，《上海漫画》主创同人通力营求艺术与市场双赢效应的初衷，得以实现。

（本文系作者根据两篇旧文——《上海漫画会与〈上海漫画〉》、《〈上海漫画〉的"封面大画"》改写而成。）

傅彦长著作年表

小引

长期以来，在中国现代文学和民国文化研究、论说层面，曾一度闻名海上的文艺评论家、编辑、作家、音乐教育家傅彦长，常常"遭到冷遇"（借用美国学者耿德华的说法——Unwelcome）或被人选择性遗忘，负面评价居多，却也因"重写文学史"而渐有改观。傅彦长的著作，似有待进一步挖掘、整理和研究，试作一著作年表，期以助焉。

先介绍一下傅氏的家世和简历——他原名傅硕家，又名傅硕介，字彦长。一八九二年阴历九月十三日出生于湖南宁乡，家境比较富裕。其祖父为前清官吏，父亲傅运森与妹妹傅勤家，民国时期知名于学界，可谓一门风雅。傅运森，字韫生，又字纬平，清同治甲戌年（一八七四）十二月生，光绪癸巳年（一八九三）湖南乡试恩科中式第四十九名举人，曾就读南洋公学，后长期担任上海商务印书馆编译所国文部编辑，并在"商务"词典部、史地部、百科全书委员会、编审委员会、大学丛

摄轼望彭　　　　　長彥傅

傅彦长小影，彭望轼摄

书委员会任职，参与编纂《新字典》、《辞源》，主编《中国文化史丛书》，编著《十二辰考》、《大全球史》《世界大事年表》、《中华民国》、《外族侵略中国史》及多种史地教科书等，居所位于上海城也是园对过的凝和路一二七号。据《王伯祥日记》（一九五一年四月十七日）记载，一九四八年，因受主事者排挤，傅运森从（公私合营）商务印书馆去职，一九五三年去世。傅彦长母亲韩氏（一八六四年生，一九三〇年卒）、梅氏，其妹众多，昵称勤、昭、明、宜、瑜等，多受其照拂（据《傅彦长日记》）。傅勤家，一九一四年生（据《大同大学第四十五期同学录》，一九三四年四月版），毕业于上海县立务本女子中学（高中师范科）、上海大同大学，商务出版的其名下编著有《道教史概论》（一九三四）、《中国道教史》（一九三七）等，译著有《康居粟特考》（白鸟库吉原著，一九三六）、《西藏志》（柏尔原著，与董之学同译，一九三六）、《腓特烈大王》（麦考莱原著，与董之学同译，一九三八）等，尤以道教文化研究知名。复旦大学葛兆光教授举傅勤家学术成就与陈垣、陈国符等大家并列。杭州师范大学楼培教授对傅运森行述梳理甚详，推测"傅勤家"系其化名（参见《"学术史上的失踪者"傅勤家》，《文汇报》，二〇二一年三月二十九日）；亦有学者关注傅勤家的著译，似与日人小柳气司太著作《道教概说》的中译者傅代言有所关联，对傅勤家、傅代言的身份均存疑惑（参见潘显一、申喜萍《中国学者的一部完整的〈中国道教史〉》，《中国道教史》，商务印书馆，二〇一一年十月版）。——而前述两文作者，均未悉傅勤家实乃傅运森之女，傅运森商务印书馆的同事王伯祥先生，早在一九四〇年九月二十四日的日记中，就已表示"看毕《道教

史》。虽署名勤家，疑即出纬平手也"——此说尤堪采
信。相关隐情，仍待进一步发覆。

傅彦长早年毕业于上海南洋公学电机工程科，后在
日本横滨大同学校、中华学校、上海务本女中、专科师
范、龙门师范等校教授音乐。一九一七年五月至一九一
九年四月游学日本，一九二〇年九月二十六日赴美国芝
加哥、旧金山等地考察，尤其关注彼邦音乐文化。一九
二三年二月回国。他长期寓居上海南市也是园附近——
尚文门内银河路二十一号，先后任同济大学、持志大
学、上海艺术大学、新华艺专、中国公学文理学院、南
国艺术学院等校教授，主讲艺术学、音乐、文学史、地
理等科目。一九二三年五月，任上海《音乐界》杂志编
辑，本年，任上海音乐学校校长。一九二四年二月，参
与以"发扬中国特性，融会泰西文明"为宗旨的"新中
国党"的党员征集工作，七月，参与发起中国美术摄影
学会，九月，任东方艺专校董。一九二六年三月，担任
由中华艺术大学、晨光艺术会、上海艺术大学、中华美
育会、太平洋画会、东方画会等艺术团体合组的上海艺
术协会的执行委员。一九二七年二月，当选上海著作人
公会监察委员，五月起，参与主编《艺术界》（周刊）。
其后数月，主导发起上海音乐传习所、上海音乐会。一
九二九年一月，主编《雅典》（月刊），三月，参与发起
上海音乐协会。一九三〇年，主编国民党政府资助的
《前锋月刊》等文艺刊物，宣传民族主义文艺思想。九
一八事变后，参与发起"上海文艺界救国会"。其后数
年，参加世界笔会中国支会活动。一九三七年一月，参
与发起中国文艺协会。一九三九年起，参与日本东亚文
艺复兴运动，提倡"和平文学"，组织"中国作家联谊
会"，主持《南风》等文艺刊物。一九四〇年三月，汪

伪政权成立后，移居南京。后参与《中华日报·文艺周刊》和《国民新闻·六艺》的编辑工作。太平洋战争爆发后，与日伪文化势力多所瓜葛乃至依附，担任《新申报》文艺副刊《千叶》、《千叶文艺》编辑，"满洲文学征文奖赏"评定人，参加"第三届大东亚文学代表大会"，亏乎民族气节。抗日战争结束后，绝迹文坛，曾在上海浦东高桥中学任教。一九六一年去世，得寿六十九岁。

二十世纪二三十年代，傅彦长经济条件宽裕，广交游、乐饮宴，几乎踏遍沪上茶楼酒肆咖啡馆，"放论艺术，目无馀子"（施蛰存语），诗酒风流，堪称文坛"交际博士"。他身后留下一部日记稿本，记事涵盖一九二七、一九二九、一九三〇、一九三二、一九三三、一九三六、一九四四、一九五〇诸年度（现藏上海图书馆，其中大部业经上海图书馆研究馆员张伟先生整理，分批揭载于陈子善先生主编的《现代中文学刊》）。察其日记，"我们的傅先生"（时人语）人脉极广，一度与张若谷、朱应鹏、黄震遐、周大融、卢梦殊、叶秋原、徐蔚南、陈抱一、仲子通、王世颖、邵洵美等走动频繁，与创造社、南国社、新月社、狮吼社中人往来密切。在傅氏笔下，曾与他过往、交集的文艺名人还有——（文学界）郑振铎、郁达夫、郭沫若、成仿吾、郑伯奇、王独清、叶灵凤、叶鼎洛、陶晶孙、谢六逸、蒋光慈、曾虚白、施蛰存、刘呐鸥、林微音、叶圣陶、田汉、欧阳予倩、徐志摩、陈西滢、沈从文、杨振声、许地山、宋春舫、方光焘、钱江春、胡山源、巴金、丁西林、余上沅、黎烈文、高长虹、周瘦鹃、梁得所等，（美术界）刘海粟、王济远、江小鹣、关紫兰、丁衍庸、潘天寿、丰子恺、陈之佛、俞寄凡、张聿光、洪野、黄文农、鲁少飞等，（音乐界）沈叔逵、萧友梅、赵梅伯、谭抒真、宋居田、黎锦晖等，（电影界）史东山、卜万苍、孙师毅、陈寿荫、陈趾青、张韦涛、王汉伦、黎明晖、顾梦鹤、严工上、郑逸生、吴嘉瑾等，（学术界）胡适、顾颉刚、夏元瑮、胡敦复、陈乃乾、周予同、李石岑、张星烺、何炳松、吴研因等。这部日记，"为观察当时社会和文人生活提供了一个新的视角"（参见张伟《傅彦长其人和他的人际交往与生活消费》，《风起青萍：近代中国都市文化圈》，福建教育出版社版），更为考索傅彦长的人生轨迹、思想脉络和创作线索，提供了丰富资料。

傅彦长长期"不受待见"的大背景，当然由过去比较单一、偏狭的政治—阶级型话语转化为相对多元、包容的文化—审美型话语，用以主导文学研究范式、评价标准，还有一个渐进的过程。

二十世纪三十年代初期，在民族危亡之际，傅彦长与潘公展、范争波、朱应鹏、王平陵、黄震遐、邵洵美等共同参加了国民党当局策划的民族主义文艺运动，主持编辑《前锋月刊》等文艺刊物，发布《民族主义文艺运动宣言》（篇首引云："中国民族主义文艺运动者，于民国十九年六月一日，集会于上海，发表宣言如下……"），对垒"左翼"文化阵营，提出"形成一个对于文艺底中心意识"，即"集中我们此后的努力于民族主义的文学与艺术底创造"。鲁迅、茅盾、瞿秋白等进步作家随即在《文学导报》上撰文予以严厉抨击。一九三一年四月，《前锋月刊》第一卷第七期以大篇幅推出黄震遐以蒙元西征为故事背景的长篇诗剧《黄人之血》，俨然民族主义文艺运动的创作实绩。黄震遐在作品前言里，解释了所谓"大亚细亚主义"的旨趣，特意表达他的"感谢之

忧"："傅君是认清楚历史面目的一个学者，我这篇东西
虽然不能说是直接接受了他的指教，但暗中却有许多地
方不可讳地是受了他的熏陶，因此，这本书倘若说是贡
献给他的话，亦无不可。"鲁迅在他的《"民族主义文
学"的任务和运命》一文中，无情揭露《黄人之血》假
"民族主义"之名，反对无产阶级文学，客观上呼应了
国民党卖国投降政策，而"现在日本兵'东征'了东三
省，正是'民族主义文学家'理想中的'西征'的第一
步，'亚细亚勇士们张大吃人的血口'的开场"，也就指
斥了他们以"慷慨悲歌的文章"为虎作伥的真实面目。
他在文章中，反复揶揄"这诗人受过傅彦长先生的熏
陶"，无疑也把傅氏置于了反攻的靶心。然而，与潘、
范、朱、王等国民党政客、特务不同，傅彦长、黄震
遐、邵洵美等文人的党派政治倾向及"文艺的中心意
识"并不鲜明，傅氏早在《民族主义文艺运动宣言》出
台前，即已完成了以《艺术三家言》、《十六年之杂碎》
及《阿姊》等具有民族主义文艺色彩的散论、随笔、小
说集创作，主张"文艺的民族意识"，在探索民族国家
文化建构方面自有一定的贡献。那篇"鼓吹建立所谓
'文艺的中心意识'，即'法西斯主义的'民族意识'"
（《鲁迅全集》注语，人文社，一九九六年版）的"胡乱
拼凑"的《宣言》，据施蛰存回忆，其实是叶秋原起草
的（《我与现代书局》），诗曰："一篇露布无能草，却
遣旁人代捉刀。"（《浮生杂咏》）查傅氏日记，民族主
义文艺运动发起集会日（一九三〇年六月一日），他并
未与会，但一周前（五月二十四日）的晚上，他确实
"到梵王宫饭店，与朱应鹏之请宴，同座者潘公展、陈
果夫、陈抱一、徐蔚南、范争波、汤德铭"，推测应议
及集会及《宣言》事。但傅之参与发起，是否有被利用

甚至裹挟的因素，仍有待进一步的研判。

抗战胜利后（一九四五年十一月），上海曙光出版社出版了司马文侦所著《文化汉奸罪恶史》，揭露"三年来上海文化界怪现象"和"大东亚文学圈"内幕，分列专章，逐个清算柳雨生、陶亢德、陶晶孙、周越然、路易士、文载道、汪馥泉、张资平、杨之华、周黎庵、关露、张若谷、胡兰成、龚持平、潘予且、张爱玲、苏青等十八位"落水""文妖"的"丑账"。此外，像沈启无、梅娘、杨炳辰、纪果庵、袁殊、章克标及傅彦长等一众文人，也都在作者的"照妖镜"下无可遁逃，一起被钉到历史的耻辱柱上。时至今日，越来越多的人认同了这样的观点——"沦陷区文学历史确有澄清并重新加以真实的历史描述的必要"、"我们在实事求是剖析其当时的社会关系的同时，也仍有可能，且有必要从文学范畴来认定他们的得失。"（徐迺翔、黄万华《中国抗战时期沦陷区文学史》前言）美国学者傅葆石在《灰色上海，一九三七——一九四五：中国文人的退隐、反抗与合作》（张霖译本，北京三联书店，二〇一二年八月版）一书中，"仿效传统文人在历史上道德与政治动乱时代的三种行为——'隐''忠''降'"，将上海沦陷时期作家们的反应，归列为"消极抵抗、积极反抗与附逆合作"三种类型，取代"战后的二元模式"，并称"每种选择都代表了一种哲学理念、一种人物原型、一种历史对比"。随着后续史料之披露、研究之深入，像袁殊、关露、陶晶孙等忍辱肩负秘密使命、明"降"暗"忠"者，已自有客观的历史评价，张资平之流坐实附逆文人的称号，更成为不刊之论。在拨开历史的迷障，经过更加客观、细致的观察、分析之后，今人也逐渐体会到——这个文奸榜上的一些人，他们在沦陷时期的道德选择不无复杂、暧昧的底色，充满种种困扰和迷思，难免虚与委蛇，更显现"软弱、不可避免的行为不一致，甚至某种程度的妥协"（傅葆石语）。傅彦长等人当年的"选择"到底如何，他们在"灰色地带"的生存方式究竟是"隐"是"降"，脱离了具体的史实考辨和作品研究，还是不宜遽下论断的。

民国时期的傅彦长，精力充沛，具备扎实的中国传统文化修养，尤嗜佛、道经典，精通英、德、日等国语言，涉猎各国民族的历史和文化，对西方古典音乐更是长于鉴赏、乐于传播，是一位勤勉笔耕的多产作者。他除了以本名发表作品，用过的笔名还有包罗多、穆罗茶、罗汉素、史维罗、硕家、硕等。傅氏的已刊作品集，包括文艺散论、随笔集《艺术三家言》（与朱应鹏、张若谷合著）、《十六年之杂碎》、《音乐文集》，中篇小说《五岛大王》，短篇小说集《阿姊》，历史普及读物《西洋史 ABC》、《东洋史 ABC》、《外蒙古》及音乐教科书多种等；编讫未刊（行）的作品集，则有自传体小说《两年》、散文集《石汁》等。此外，尚有一定数量的文艺类作品未经辑佚、汇编。傅氏为文，好作议论，读书之馀，多有一些哲理性、体验式的漫思、遐想，但也往往是随性发挥、浅尝辄止，没有形成比较系统完整的思想体系。对此，他还是有自知之明的，且看他的夫子自道："生命是属于全部人类的，无善无恶的，没有诸相的，整个的，流动的，永久的；但是在每一个的眼光之下，生命恰巧是属于一部分一部分人类的，赏善罚恶的，有形形色色的诸相，段落的，静止的，一刹那的。每一个人对于生命所写下来的见解，都是偏侧的，就因为每一个人所写下来的都是些私见而已。每一个人所有的，都是些偏见，这是无可奈何的。"（《傅彦长日记》，一九二九年四月二十四日）这段话，对大致了解他的文章旨趣、风格，似有所意味。

目前，我们对傅彦长的各类著作，还缺乏比较全面、系统的整理和研究，有必要从梳理、钩沉、辑佚、考订等基础工作做起，编制比较完整的著作年表以及生平年谱，为更加深入的傅彦长专题研究与评价提供助益。期待先行编制的著作年表，对于中国现代文学史、上海沦陷区文学史以及民国文化史等方面的研究，能起到一点微末的作用。

本年表，系根据可以查考的出版物、资料编制，包括傅氏各类文艺作品出版、发表的基本信息，并摘抄其部分日记，略录有关写作、编创及其准备工作情况；年表记事，则尽可能系于日，有待进一步查核的，系于相关月度、年度；关于傅氏作品体裁，除新诗、小说、通信、演讲、译文等予以标注外，对其他文艺评论、杂论、散文、小品、格言等杂类文字，则不作细分；关于发表傅氏作品的报刊、书籍基本信息，一般于首处附注。表后附载《傅氏自述与风评掇拾》，略见其艺术生活旨趣及时人评骘之一斑。因编者能力所限，本年表遗漏、舛误之处，在所难免，诚望读者诸君不吝指教，以期补正。

甲辰仲秋起稿，冬月初四（第十一个国家宪法日）定稿。

一九一六年（民国五年 丙辰）

六月

二十九日：《唱歌须知》，刊于《时事新报》（日报，张元济、高梦旦等创办于清末，民国后先后成为进步党、研究系主导的报纸，一九二八年冬，汪英宾任总编辑）副刊《教育界》专栏，署名：傅彦长。

一九一九年（民国八年 己未）

三月

十五日：《日本留学生与日本文学》（通信，致胡适），刊于《新青年》（月刊，初名《青年杂志》，陈独秀主编，上海群益书社发行）第六卷第三号，署名：傅彦长。

八月

二十日：《小学校唱歌教授应注重音节之练音》，刊于《教育杂志》（月刊，陆费逵、朱元善、李石岑等先后编辑，上海商务印书馆发行）第十一卷第八期，署名：傅彦长。

十月

十日（后）：《我对于日本几方面的意见》，刊于《黑潮》（月刊，陆友白编辑，上海太平洋学社发行）第一卷第二号（十月号），文末注明"（未完）"，署名：傅彦长。

一九二〇年（民国九年 庚申）

二月

十五日：《女神》（新诗），刊于《新妇女》（半月刊，上海新妇女杂志社编辑、发行）第一卷第四号，署名：傅彦长。

三月

一日：《日本的妇女》，刊于《新妇女》第一卷第五号，署名：傅彦长。

四月

二十日：《学校唱歌的作曲法》（待续），刊于《美育》（月刊，上海美育杂志社编辑，吴梦非总编，中华美育会发行）第一期，署名：傅彦长。

五月

二十日：《学校唱歌的作曲法》（续完），刊于《美育》第二期，署名：傅彦长。

八月

一日：《我对于日本几方面的意见》（续一、二），刊于《黑潮》第二卷第二号（八月号）（续完），署名：傅彦长。

一九二一年（民国十年　辛酉）

七月

本月底：《美国旧金山的音乐界》，刊于《美育》第六期，署名：傅彦长。

一九二二年（民国十一年　壬戌）

八月

本月：北社编《一九一九年新诗年选》，由上海亚东图书馆出版，收录傅氏《回想》（新诗）、《女神》（新诗），署名：傅彦长。

一九二三年（民国十二年　癸亥）

四月

三十日：《上星期来沪的音乐家》，刊于《民国日报》副刊《艺术评论》（周刊，上海晨光美术会、东方艺术研究会主办，上海专科师范学校编辑，吴梦非主编）第二号（诞生号），署名：傅彦长。

五月

七日：《欧洲的歌剧》、《介绍上海交响乐队》，刊于《民国日报》副刊《艺术评论》第三号，署名：傅彦长。

十四日：《欧洲乐曲的变迁》，刊于《民国日报》副刊《艺术评论》第四号，署名：傅彦长。

二十五日：《普雷露提奥（序言）》、《对于国乐的一点私见》，刊于《音乐界》（初为月刊，后改为半月刊，傅彦长等编辑，上海民智书局发行，第五期起改署上海音乐学校编，刊物旨趣："宣传国乐，介绍欧美音乐的常识，希望国民乐派的成立，报告国内外乐况，鼓吹国人对于音乐的乐趣。"）第一期，署名：傅彦长。

二十八日：《研究中国音乐应有的态度》，刊于《民国日报》副刊《艺术评论》第六号，署名：傅彦长。

六月

四日：《俄罗斯的民谣曲》，刊于《民国日报》副刊《艺术评论》第七号，署名：傅彦长。

十日：《阿勃德小传》、《前进》（葛有华作词、傅彦长作曲）、《第一期里面应该有的话》，刊于《音乐界》第二期，署名：傅彦长。

十一日：《普通乐曲的种类》，刊于《民国日报》副刊《艺术评论》第八号，署名：傅彦长。

十五日：《静夜思》，刊于《前进》（半月刊，徐蔚南创办，上海青年进步学会编辑、出版）第五期，署名：傅彦长。

十八日：《几个音乐家的小传》，刊于《民国日报》副刊《艺术评论》第九号，署名：傅彦长。

二十五日：《乐式大要》、《国外乐闻》，刊于《音乐界》第三期，署名：傅彦长。

七月

十日：《旅京随笔》、《漏脱题目的声明》，刊于《音乐界》第四期，署名：傅彦长。

二十五日：《奏鸣曲和奏鸣式》、《管弦乐的沿革略史》、《人间方面的"华格那"》、《几个不关紧要的音乐常识》，刊于《音乐界》第五期，署名：傅彦长。

三十日：《贝多芬大师》，刊于《民国日报》副刊《艺术评论》第十五号，署名：傅彦长。

八月

十日：《乐谱常识》、《意大利的歌剧》，刊于《音乐界》第六期，署名：傅彦长。

二十日：《斥陈简》，刊于《民国日报》副刊《艺术评论》第十八号，署名：傅彦长。

二十五日：《华格那乐剧的概观》、《读书杂志》、《斥陈简》，刊于《音乐界》第七期，署名：傅彦长。

九月

五日：《艺术上的道教主义》（待续），刊于《中华新报》副刊《创造日》第四十二号，署名：傅彦长。

六日：《艺术上的道教主义》（续），刊于《中华新报》（日报，一九一五年十月十日创刊，一九二六年一月停刊，谷钟秀、杨永泰等主持）副刊《创造日》（日刊，一九二三年七月二十一日创刊，同年十一月二日停刊，郁达夫、成仿吾、邓均吾主持）第四十二号，署名：傅彦长。

七日：《艺术上的道教主义》（续），刊于《中华新报》副刊《创造日》第四十二号，署名：傅彦长。

八日：《艺术上的道教主义》（续完），刊于《中华新报》副刊《创造日》第四十二号，署名：傅彦长。

十日：《我所晓得的法曲》、《西洋名曲讲话》、《露天的音乐会》，刊于《音乐界》第八期，署名：傅彦长。

二十五日：《法国的音乐家》、《丁士基教授钢琴》、《请来听哈爱飞士的提琴独奏》、《悼周兴华先生》，刊于《音乐界》第九期，署名：傅彦长。

十月

八日：《艺术与城市》，刊于《民国日报》副刊《艺术评论》第二十五号，署名：傅彦长。

十日：《我的中华》（吴研因作词、傅彦长谱曲）、《园转式》、《国内乐闻》、《芳苏贝小传》，刊于《音乐界》第十期，署名：傅彦长。

二十七日：《我的中华》（吴研因作词、傅彦长谱曲），刊于《儿童世界》（周刊、半月刊，上海儿童世界社编辑，上海商务印书馆发行）第八卷第四期，署名：傅彦长。

三十日：《通信》（通信，致郭沫若），刊于《中华新报》副刊《创造日》第九十七号，署名：傅彦长。

十一月

十五日：《和声提要》、《上海乐闻》（目次：《交响管弦乐队的第二次音乐会》、《第四次音乐会的秩序单》、《第六次音乐会的秩序单》、《三个人的音乐会》、《室内乐的音乐会》），刊于《音乐界》第十一期，署名：傅彦长。

十一至十二月

期间：《欧洲著名歌剧略说》、《歌谣式》、《俄罗斯的音乐》、《上海乐闻》，刊于《音乐界》第十二期，署名：傅彦长。

一九二四年（民国十三年　甲子）

一月

本月：《艺术的想片》，刊于《商旅友报》（月刊，陈景新编辑，上海联洋发刊社发行）第一期，署名：傅彦长。

本月：傅彦长编纂，王岫庐、吴研因校订《新学制音乐教科书》（第一册、第二册），由上海商务印书馆出版。

三月

本月：傅彦长编纂，王岫庐、吴研因校订《新学制音乐教科书》（第三册），由上海商务印书馆出版。

四月

二十八日：《看了〈儿童文学〉之后》，刊于《民国日报》副刊《艺术评论》第五十三期，署名：傅彦长。

五月

十九日：《古代埃及的绘画》、《国人所应该走的艺术道路》，刊于《民国日报》副刊《艺术评论》第五十六期，署名：包罗多、傅彦长。

二十日：《中国近代思想界的缺点》，刊于《浦东中学月刊》（月刊，上海浦东中学月刊编辑部编辑、经理部发行）第二期，署名：傅彦长。

六月

九日：《民族主义的艺术》，刊于《民国日报》副刊《艺术评论》第五十九期，署名：傅彦长。

十六日：《关于西洋绘画有趣味的报告》，刊于《民国日报》副刊《艺术评论》第六十期，署名：包罗多。

三十日：《积极扩张中国艺术的方法》，刊于《民国日报》副刊《艺术评论》第六十二期，署名：傅彦长。

七月

二十一日：《希腊的绘画》，刊于《民国日报》副刊《艺术评论》第六十四期，署名：包罗多。

八月

十八日：《托尔斯泰论》，刊于《民国日报》副刊《艺术评论》第六十八期，署名：包罗多。

九月

十五日：《东方的最大艺术》，刊于《民国日报》副刊《艺术评论》第七十二期，署名：包罗多。

一九二五年（民国十四年　乙丑）

八月

二十七日：《对于陈抱一先生个人展览会的意见》，刊于《申报》，署名：傅彦长。

九月

十二日：《研究西洋音乐的门径》，刊于《申报》之《本埠增刊》，署名：包罗多。

二十一日：《民众艺术的解释》，刊于《申报》副刊《艺术界》（不定期出刊，朱应鹏编辑），署名：穆罗茶。

十月

十一日：《一封讨论〈评天方诗经〉的信》（通信，致张若谷），刊于《文学周报》（旬刊、周刊，初名《文学旬刊》，后曾改名《文学》，先后由郑振铎、谢六逸、沈雁冰、叶绍钧、赵景深等主编或共同编辑，先附《时事新报》发行，后由上海开明书店、远东图书公司印行）第一百九十四期（另载于上海开明书店再版的《文学周报》第二卷汇订本），署名：傅彦长。

十四日：《看〈美人世界〉后之感想——世界上只有一个男子的话》，刊于《申报》副刊《艺术界》，署名：穆罗茶。

二十八日：《评〈以色列之月〉》、《古代的西洋音乐》，刊于《申报》副刊《艺术界》，署名：穆罗茶、包罗多。

十一月

一日：《评〈爱国女儿〉》，刊于《申报》副刊《艺术界》，署名：包罗多。

六日：田汉、傅彦长《看了〈勃勒特船长〉的感想》（待续），刊于《醒狮》（周刊，曾琦、李璜、左舜生、余家菊、陈启天主编，上海醒狮周报社编辑、发行）第五十七期，署名：傅彦长。

九日：《评〈乱世鸳鸯〉》，刊于《申报》副刊《艺术界》，署名：包罗多。

十一日：《希腊音乐》，刊于《申报》副刊《艺术界》，署名：包罗多。

十四日：田汉、傅彦长《看了〈勃勒特船长〉的感想》（续完），刊于《醒狮》第五十八期，署名：傅彦长。

二十八日：为徐公美著《演剧术》作序。该书由上海中华书局于一九二六年五月出版、发行。序称："徐公美先生对于现代剧的很有研究，是我们大家知道的事。现在徐先生把他所有的经验，编成一部书——《演剧术》，写得很有系统。我想爱好现代剧的人们，一定要表示热烈的欢迎了……"

一九二六年（民国十五年 丙寅）

一月

三十日：《邓裘安》，刊于《申报》副刊《艺术界》，未署名。

二月

二日：《再报告〈邓裘安〉一次》，刊于《申报》副刊《艺术界》，署名：包罗多。

七日：《到"卡尔登"后之感想》，刊于《申报》副刊《艺术界》，署名：包罗多。

八日：《论电影中之武技》，刊于《申报》副刊《艺术界》，署名：包罗多。

十六日：《艺术杂谈》，刊于《申报》副刊《艺术界》，署名：包罗多。

十七日：《艺术之文化》，刊于《申报》副刊《艺术界》，署名：包罗多。

二十四日：《艺术文化之享受》，刊于《申报》副刊《艺术界》，署名：包罗多。

四月

八日：《冰岛故事》，刊于《申报》副刊《艺术界》，署名：包罗多。

五月

一日：《〈同居之爱〉评》，刊于《申报》副刊《艺术界》，署名：傅彦长。

六月

二十七日：《阿姊》（小说），刊于《文学周报》第二百三十一期，署名：穆罗茶。

三十日：《〈伏德维儿〉》，刊于《申报》副刊《艺术界》，署名：傅彦长。

八月

七日：《申报》之《本埠增刊》报道："晨光美术会发起之夏令文艺演讲会，今日下午五时，仍在吕班路南光中学开第五次演讲，由音乐家傅彦长君演讲《中西艺术思想不同的要点》。"据次日《申报》刊出的李涛《傅彦长君演辞》记录稿，演讲共分六部分：一、中国艺术思想；二、西洋艺术思想；三、吸收西洋艺术之程度；四、生活的艺术化；五、打破以圣贤为中心思想的主观；六、各就自己的都会，使之艺术化。

八日：《小木匠》（小说），刊于《文学周报》第二百三十七期，署名：穆罗茶。

九月

二日：《往艺术国的巡礼》，刊于《申报》副刊《艺

傅彦长《阿姊》初版本书封

术界》，署名：傅彦长。

三日：《话剧与歌剧的建设》，刊于《申报》副刊《艺术界》，署名：傅彦长。

四日：《"佛罗稜萨"》，刊于《申报》副刊《艺术界》，署名：傅彦长。

六日：《艺术教育》，刊于《申报》副刊《艺术界》，署名：傅彦长。

八日：《中华民族有艺术文化的时候》，刊于《申报》副刊《艺术界》，署名：傅彦长。

十月

十七日：《"移鼠"》（小说），刊于《文学周报》第二百四十五、二百四十六期（合刊），署名：穆罗荼。

二十三日：《各国善言类：艺术与科学》，刊于《国际公报》（周刊、季刊、旬刊，朱淇、李佳白、赵受恒主编，北京尚贤堂发行）第四卷第四十七、四十八期，署名：傅彦长。

十一月

二日：《〈艺术界月刊〉》（书报介绍），刊于《申报》副刊《艺术界》，署名：罗汉素。

十四日：《到音乐会去（今晚市政厅的音乐会）》，刊于《小时报》，署名：罗汉素。

十八日：《今天的两音乐会（一在市政厅、一在美童公学）》，刊于《小时报》，署名：罗汉素。

二十一日：《今天的音乐会（第七次星期交响乐会）》，刊于《小时报》，署名：罗汉素。

二十四日：《听了俄名手提琴之后》，刊于《小时报》，署名：罗汉素。

二十七日：《兰心歌舞志》，刊于《小时报》，署名：罗汉素。

二十八日：《今天的音乐会（第八次星期交响乐会）》（未完），刊于《小时报》，署名：罗汉素。

十二月

四日：《明天的音乐会（第九次星期交响乐会）》，刊于《小时报》，署名：罗汉素。

六日：《昨日的音乐会》，刊于《小时报》，署名：罗汉素。

十一日：《〈你往何处去〉》，刊于《申报》之《本埠增刊》，署名：罗汉素。

十七日：《中国文学在世界上的地位》，刊于《文学周报》第二百五十五期，署名：傅彦长。

三十一日：《回家》（小说），刊于《文学周报》第二百五十七期，署名：穆罗茶。

一九二七年（民国十六年　丁卯）

一月

六日：傅氏"作文一篇，论上海话应该是文学之用语的说明"。（《傅彦长日记》，张伟整理，原载《现代中文学刊》，下同）

七日：《上海话应该是文学之用语的说明》，刊于《文学周报》第二百五十八期，署名：傅彦长。

十五日：《艺术哲学的无聊》、《从民间来的艺术》、《宇惠亚麻王》（小说）、《麦克考麦克游历东方后的谈话》、《上海著名的音乐家》，刊于《艺术界》（周刊，傅彦长、朱应鹏、张若谷、徐蔚南编辑，先后由上海光华书局、良友图书印刷公司发行）第一期（特大号），分别署名：穆罗茶、傅彦长、包罗多、罗汉素、史维罗。该期《艺术界》刊出《编者讲话》，中云："我们办这套《艺术界》，原定为月刊的，可是在八星期以前已编就的稿子，大约因为数量太多的缘故，竟被印刷所耽搁了好多时。为免除以后出版延期起见，我们决定改为周刊。第一期的月刊，就算为本周刊诞生的特大号。这是我们对诸位读者致告的一个重要声明。"另刊有《艺术新书出版预告》，称：傅彦长、张若谷合编《西洋音乐史纲》，预计民国十六年内可出版。

二月

十二日：《车夫会》（小说），《小事》，《杂记（一）》、《杂记（二）》，刊于《艺术界》第四期，分别署名：穆罗茶、包罗多、硕家。

十九日：《杂记（三）》、《杂记（四）》，刊于《艺术界》第五期，署名：硕家。

二十六日：《民族与文学》，《杂记（五）》、《杂记（六）》，《方言问答》刊于《艺术界》第六期，分别署名：傅彦长、硕家、罗汉素。

三月

五日：《土地与城隍》、《杂记（七）》刊于《艺术界》第七期，署名：包罗多、硕家。

十二日《杂记（八—十一）》，刊于《艺术界》第八期，署名：硕家。

十九日：《〈到音乐会去〉序》，刊于《艺术界》第九期，署名：傅彦长。

四月

一日：《银星》（月刊，卢梦殊、陈炳洪编辑，良友图书印刷公司发行）第七期刊登上海良友图书印刷有限公司图书预告，称：傅彦长、朱应鹏、张若谷合编《艺术十二讲》，傅彦长、张若谷合编《西洋音乐史纲》即将出版。

九日：《杂记（十二）》、《杂记（十三）》，刊于《艺术界》第十二期，署名：硕家。

十六日：傅彦长、张若谷《艺术文化的创造》，刊于《艺术界》第十三期，合署：傅彦长、若谷。

三十日：《杂记（十四）》、《著作人所得的稿费》，刊于《艺术界》第十五期，分别署名：硕家、罗汉素。

五月

一日：《波西米亚人底责任》，刊于《银星》第八期，署名：傅彦长。

七日：《电车里》，刊于《艺术界》第十六期，署名：包罗多。

十四日：《民族的艺术文化》，刊于《民国日报》副刊《觉悟》（日刊，邵力子主编，陈望道协助编辑，上海民国日报馆主办并发行）（艺术号），署名：傅彦长。

二十一日：《西太后》，刊于《民国日报》副刊《觉悟》（艺术号），署名：包罗多。

三十日：傅氏为王敦庆所编《文农讽刺画集》一书作序，称："我对于山林隐逸渔樵耕读式的艺术作品素来痛恨，以其没有那血性的，情感的，常常使人沉静下去，于世道人心毫无益处而已。黄先生现在是努力于国民革命的一个艺术家，我要求他一直以这种艺术作品为革命思想的宣传。那末，艺术作品至少也可以因之而证明它不是一种消遣的东西了。"

六月

一日：《戏里面的勇士》，刊于《银星》第九期，署名：傅彦长。

四日：《国民文学》，刊于《艺术界》第十九期，署名：穆罗茶。

五日：《我们要求的上海生活》，刊于《上海生活》（月刊，叶秋原等编辑，上海生活社出版、联合贸易公司发行）第四期。

七月

一日:《圣林巡礼》,刊于《银星》第十期,署名:傅彦长。

十九日:《波兰影剧》,刊于《申报》副刊《艺术界》,署名:傅彦长。

二十四日:《功德林的一个晚上》,刊于《申报》之《本埠增刊》,署名:傅彦长。

本月:王敦庆编《文农讽刺画集》,由上海光华书局出版,收录傅氏序文。

八月

一日:《以庙为中心的都市》,刊于《申报》副刊《艺术界》,署名:傅彦长。

十五日:《艺术化的北京社会?》,刊于《申报》副刊《艺术界》,署名:包罗多。

二十八日:《艺术界的将来》,刊于《申报》副刊《艺术界》,署名:傅彦长。

二十九日:《介绍德国画家"斯多克"》,刊于《申报》副刊《艺术界》,署名:包罗多。

十月

三十日:《小弟易七》(小说)、题词"性不因人热情能到处流",刊于《良友》画报(月刊,先后由伍联德、周瘦鹃、梁得所、马国亮、张沅垣主编,上海良友图书印刷公司发行,H. P. Mills 挂名发行)第二十期,分别署名:穆罗茶、傅彦长。

十一月

三日:《文艺新论及其他》,刊于《申报》副刊《艺术界》,署名:包罗多。

四日:《斯拉维扬斯基歌舞团》,刊于《申报》副刊《艺术界》,署名:包罗多。

九日：《申报》刊出《特别市党部消息》，称："（宣传部）以总理诞辰应有一相当歌曲，俾民众得以纪念总理之丰功伟绩及认识总理大无畏之精神，特拟编制一庄严之纪念歌，请由上海艺术大学教授傅彦长君制曲，新华艺术大学教授潘伯英君作歌，即日在各报发表，使届日各社团各学校之举行纪念者，咸得遵照歌唱，以志崇仰云。"

本月：傅彦长与朱应鹏、张若谷合著文艺评论集《艺术三家言》，由上海良友图书印刷公司出版，徐蔚南作序，傅彦长作品目次：《艺术之标准》、《中华民族有艺术文化的时候》、《民族主义的艺术》、《艺术与时代精神》、《国人所应该走的艺术的大路》、《为人生而艺术的一个解释》、《往艺术国的巡礼》、《艺术与科学》、《话剧与歌剧的建设》、《艺术与城市》、《努力进行的艺术思想》、《积极扩张中国艺术的方法》、《艺术上的道教主义》、《"佛罗稜萨"》、《托尔斯泰论》、《对于中国文化的一点私见》、《寄朱应鹏的信》、《研究中国音乐所应该有的态度》、《俄罗斯的民谣曲》、《国歌问题》、《对于国乐的一点私见》、《欧洲的歌剧》、《关于西洋绘画有趣味的报告》、《对于陈抱一先生个人展览会的意见》、《五月节的感想》、《〈伏德维儿〉》、《〈以色列之月〉》、《〈勃勒特船长〉》、《冰岛故事》。徐氏序称："傅、朱、张三君的思想，在如今，就我所见，觉得是一贯的，没有多大的出入。傅君在三人中仿佛是运筹策划的大人物；朱君呢，是冲锋陷敌的勇将了；张君却是筹备辎重的要人。他们三人联合起来，就能成为艺术界的一支生力军；分散了，也不失为艺术界的重要战斗员。"

十二月

七日：傅氏"想做《二十五年》"。（《傅彦长日记》）

筆一抱陳　　　　　長彥傅

傅彥長油画像，陈抱一绘

十六日：傅氏"拟作《三塔湾》小说一篇，约三万馀字，应王夫凡（按：王世颖）之约也"。（《傅彦长日记》）

三十一日：傅氏"作五岛大王，已经作了十五段了"。（《傅彦长日记》）

一九二八年（民国十七年　戊辰）

一月

一日：《娑婆国土》，刊于艺术文集（银星号外）《电影与文艺》（卢梦殊编辑，上海良友图书印刷公司出版、发行），署名：包罗多。

一日：《旧金山的元旦日》，刊于《时事新报》元旦号，署名：穆罗茶。

十一日：《我坐在黄包车上》，刊于《时事新报》副刊《青光》（先后由梁实秋、王夫凡、黄天鹏、朱曼华主编），署名：穆罗茶。

二十六日：中篇历史小说《五岛大王》，始连载于《时事新报》副刊《青光》。每次一节，共三十八节。均署名：穆罗茶。是日，刊出第一节。（按：王夫凡在一九一二年一月一日《时事新报》刊出的《正月里来》一文中，称《五岛大王》"内容是述明朝嘉靖时代的倭寇情形。穆君以同情于当时被牺牲者的眼光，用委婉细腻的文笔，来叙述一切，单指这一点来讲，就值得读者诸君的一顾了"。）

二十七日：《五岛大王》之二，刊于《时事新报》副刊《青光》。

二十九日：《五岛大王》之三，刊于《时事新报》副刊《青光》。

三十日：《五岛大王》之四，刊于《时事新报》副刊

《青光》。

　　三十一日:《五岛大王》之五,刊于《时事新报》副刊《青光》。

二月

　　一日:《五岛大王》之六,刊于《时事新报》副刊《青光》。

　　二日:《五岛大王》之七,刊于《时事新报》副刊《青光》。

　　二日:《日本的今日与明日》,刊于《申报》副刊《本埠增刊》,署名:包罗多。

　　三日:《五岛大王》之八,刊于《时事新报》副刊《青光》。

　　五日:《五岛大王》之九,刊于《时事新报》副刊《青光》。

　　六日:《五岛大王》之十,刊于《时事新报》副刊《青光》。

　　七日:《五岛大王》之十一,刊于《时事新报》副刊《青光》。

　　八日:《五岛大王》之十二,刊于《时事新报》副刊《青光》。

　　九日:《五岛大王》之十三,刊于《时事新报》副刊《青光》。

　　十日:《五岛大王》之十四,刊于《时事新报》副刊《青光》。

　　十二日:《五岛大王》之十五,刊于《时事新报》副刊《青光》。

　　十三日:《五岛大王》之十六,刊于《时事新报》副刊《青光》。

　　十四日:《五岛大王》之十七,刊于《时事新报》副刊《青光》。

十五日:《五岛大王》之十八,刊于《时事新报》副刊《青光》。

十六日:《五岛大王》之十九,刊于《时事新报》副刊《青光》。

十七日:《五岛大王》之二十,刊于《时事新报》副刊《青光》。

十九日:《五岛大王》之二十一,刊于《时事新报》副刊《青光》。

二十日:《五岛大王》之二十二,刊于《时事新报》副刊《青光》。

二十一日:《五岛大王》之二十三,刊于《时事新报》副刊《青光》。

二十二日:《五岛大王》之二十四,刊于《时事新报》副刊《青光》。

二十三日:《五岛大王》之二十五,刊于《时事新报》副刊《青光》。

三月

一日:《五岛大王》之二十六,刊于《时事新报》副刊《青光》。

二日:《五岛大王》之二十七,刊于《时事新报》副刊《青光》。

四日:《五岛大王》之二十八,刊于《时事新报》副刊《青光》。

五日:《五岛大王》之二十九,刊于《时事新报》副刊《青光》。

六日:《五岛大王》之三十,刊于《时事新报》副刊《青光》。

七日:《五岛大王》之三十一,刊于《时事新报》副刊《青光》。

八日：《五岛大王》之三十二，刊于《时事新报》副刊《青光》。

九日：《五岛大王》之三十三，刊于《时事新报》副刊《青光》。

十一日：《五岛大王》之三十四，刊于《时事新报》副刊《青光》。

十二日：《五岛大王》之三十五，刊于《时事新报》副刊《青光》。

十三日：《五岛大王》之三十六，刊于《时事新报》副刊《青光》。

十四日：《五岛大王》之三十七，刊于《时事新报》副刊《青光》。

十五日：《五岛大王》之三十八，刊于《时事新报》副刊《青光》。

四月

本月：文艺评论集《十六年之杂碎》，由上海金屋书店出版，署名：傅彦长。目次：《艺术哲学的无聊》、《从民间来的艺术》、《民族与文学》、《土地与城隍》、《〈到音乐会去〉序》、《艺术文化的创造》、《波希米亚的责任》、《影剧里面的勇士》、《民族的艺术文化》、《甲乙对话》、《圣林巡礼》、《波兰新剧》、《以庙为中心的都市》、《双十节的民众化》。

本月：《上海城隍庙》（附图三幅），刊于《旅行杂志》（季刊、月刊，先后由上海银行旅行部、中国旅行社编辑、发行）第二卷（春季号），署名：包罗多。

五月

十四日：《异国情调的崇拜》，刊于《申报》副刊《艺术界》，署名：包罗多。

十五日：《从〈鬼山狼侠传〉谈起》，刊于《申报》副刊《艺术界》，署名：包罗多。

十九日：《反抗》，刊于《申报》副刊《艺术界》，署名：包罗多。

二十一日：《沉静的黑夜》，刊于《申报》副刊《艺术界》，署名：包罗多。

本月：张若谷编著《文学生活》，由上海金屋书店出版，收录傅氏《张若谷论》一文。

六月

一日：《太阳底下的散步》（上），刊于《时事新报》副刊《青光》，署名：穆罗茶。

三日：《太阳底下的散步》（下），刊于《时事新报》副刊《青光》，署名：穆罗茶。

十三日：《希腊文明潮流》，刊于《申报》副刊《艺术界》，署名：包罗多。

十六日：《洋行小鬼》（小说），刊于《真美善》（半月刊、月刊、季刊，曾朴、曾虚白编辑，上海真美善书店发行）第二卷第二号，署名：穆罗茶。

七月

八日：《鞋子》（上），刊于《时事新报》副刊《青光》，署名：穆罗茶。

九日：《鞋子》（中），刊于《时事新报》副刊《青光》，署名：穆罗茶。

十日：《鞋子》（下），刊于《时事新报》副刊《青光》，署名：穆罗茶。

十六日：《桑特夫人生活的一段》（小说），刊于《真美善》第二卷第三号，署名：包罗多。

八月

一日：《必读书》，刊于《狮吼》（半月刊、月刊，一九二四年七月创刊，狮吼社编辑，后休刊，一九二八年七月一日复刊，上海金屋书店发行，后改名《金屋月刊》）复活号第三期，署名：傅彦长。

一日：卢梦殊著《阿串姐》，由上海真美善书店出版，傅氏作序文。称："国语，我一向对于我们中国的国语，是否从古到今存在这样东西，老实说，到现在我还否认呢。我以为在中国而有国语的文学史，无论如何，实在是讲不通的。我主张用最通行的方言，来创造那有国民性的文学。所谓'国'，决不是王道之下底统一的天下，一定要有以民为本的地方色彩。从古以来，凡是好的艺术作品，我敢大胆的宣言：一定要有时代性同地方色彩。有国民性的文学，没有不把以民为本的地方色彩表现出来的。我常常要求卢先生用广东话来写小说，以便表现广东的地方色彩，他虽然不能够完全赞成，却是他作品里面地方色彩的浓厚，想起来读者诸君一看之后也会发现出来，这的确是他成功的所在。"

二十七日：《思想》，刊于《申报》副刊《艺术界》，署名：包罗多。

九月

十五日：《南桥镇的一夜》，刊于《上海漫画》（周刊，叶浅予、张正宇等编辑，上海美术刊行社发行）第二十二期，署名：傅彦长。

十八日：《思想动摇时代的艺术出路》，刊于《申报》副刊《艺术界》，署名：包罗多。

二十四日：《人间方面的艺术倾向》，刊于《申报》副刊《艺术界》，署名：包罗多。

本月：历史教科书《东洋史 ABC》，由上海世界书局出版，署名：傅彦长。作自序，共十章：《印度》、《波斯》、《大月氏》、《朝鲜》、《大食》、《回纥》、《蒙古》、

《西藏》、《日本》、《馀论》。序称："我们中国人所住的土地，是属于亚洲的东部，以亚洲为中心的东洋史，我们对于它的注意，应该比西洋史还要进一步才是。东洋史所包括的范围很大，使我们感觉到有兴味的所在，实在不亚于西洋史。所以在我个人的意见，以为一个人在读西洋史的时候，一定要同时也去读东洋史。"

本月：历史教科书《西洋史 ABC》，由上海世界书局出版，署名：傅彦长。作自序，共十章：《希腊》、《罗马》、《东罗马帝国》、《再生时代》、《西班牙》、《荷兰》、《法兰西》、《英吉利》、《德意志》、《馀论》。序称："我不客气的用了我自己的意见，写好了这部《西洋史 ABC》，只希望能够把我对于西洋史全部的见解（全部的事实，不论何人都干不下来的）表示一个系统出来，那就自己觉得要满足了。我们读西洋史，应该晓得近代欧美的艺术文化，以及他们所创造的强大国家，大都会，殖民地，是怎样的一个来历，才是所谓见其大者。"

本月：普及读物《外蒙古》，由上海昆仑书局出版，署名：包罗多。目次：《序说》、《民族与人口》、《阶级制度》、《都市与旷野》、《产业》、《政治组织》、《跋文》。跋称："我编这本书的最大用意是详人所略，所以这本书不是外蒙古大观，也不是外蒙古全书。别人做外蒙古的书有缺点，我的不用说也有很大的缺点，好在这是无可如何的，不妨宽容……我想大家一定可以找到我的一得之愚，使有志于做外蒙古全书或是大观的人，有所参考吧。"

本月：顾颉刚编著、民俗学会编审的《妙峰山》，由广州国立中山大学语言历史学研究所印行，收录傅氏《中华民族有艺术文化的时候》一文（原载傅彦长等《艺术三家言》）。

十月

十日：《星期美点》（小说），刊于《时事新报》副刊《青光》，署名：穆罗茶。

二十三日：《动观》，刊于《申报》副刊《艺术界》，署名：包罗多。

十一月

三十日：《罗马内斯克建筑》，刊于《申报》副刊《艺术界》，署名：包罗多。

本月：《回家》（小说），《中国文学在世界上的地位》、《上海话应该是文学之用语的说明》，另载于上海开明书店再版的《文学周报》第四卷（第二百五十一期至二百七十五期）汇订本，分别署名：穆罗茶、傅彦长。

十二月

十六日：《到杭州去的一个上海人》，刊于《狮吼》（复活号）第十二期，署名：穆罗茶。

一九二九年（民国十八年　己巳）

一月

一日：《大阿福》，刊于《时事新报》副刊《青光》元旦号，署名：穆罗茶。

四日：长篇自传体小说《两年》，始连载于《时事新报》副刊《青光》。每次一节，共一百节。均署名：穆罗茶。是日，刊出第一节——《结束》。

六日：《两年》之二《来信》，刊于《时事新报》副刊《青光》。

七日：《两年》之三《□□》，刊于《时事新报》副刊《青光》（按：篇名待考）。

八日：《两年》之四《茶叙》，刊于《时事新报》副刊《青光》。

九日：《两年》之五《西门》，刊于《时事新报》副刊《青光》。

十日：《两年》之六《花生》，刊于《时事新报》副刊《青光》。

十日：《洋务职业指南》（小说），《趣味》、《装饰》，刊于《小说月报》（月刊，一九一〇年七月创刊，第十二卷第一号起由沈雁冰主编，商务印刷馆发行）第二十卷第一号（新年号），分别署名：穆罗茶、包罗多。

十一日：《两年》之七《月底》，刊于《时事新报》副刊《青光》。

十三日：《两年》之八《虹口》，刊于《时事新报》副刊《青光》。

十四日：《两年》之九《松叶》，刊于《时事新报》副刊《青光》。

十五日：《两年》之十《中秋》，刊于《时事新报》副刊《青光》。

十五日：《家教》、《十七年上海的音乐界》，刊于《雅典》（月刊，傅彦长主编，陆友白、上海卿云图书公司发行）第一期，分别署名：傅彦长、包罗多。〔按：邵洵美曾在《狮吼》（复活号）第十二期的《金屋谈话》中，介绍《雅典》的编辑方针："他是一个提倡都市生活的；他要领导人去享受一切他应得享受得一切，他要坦白地宣言什么是生之意义，他要教我们说真话，他要指点我们不再去轻信别人的假话，生是如此的，我们便应当如此生活；这便是傅彦长将编辑的《雅典》月刊的主旨。"〕

十六日：《两年》之十一《零用》，刊于《时事新报》副刊《青光》。

十七日：《两年》之十二《菜汤》，刊于《时事新报》

副刊《青光》。

十八日：《两年》之十三《咖啡》，刊于《时事新报》副刊《青光》。

二十日：《两年》之十四《对话》，刊于《时事新报》副刊《青光》。

二十一日：《两年》之十五《电车》，刊于《时事新报》副刊《青光》。

二十二日：《两年》之十六《稿费》，刊于《时事新报》副刊《青光》。

二十三日：《两年》之十七《音乐》，刊于《时事新报》副刊《青光》。

二十四日：《两年》之十八《奶油》，刊于《时事新报》副刊《青光》。

二十五日：《两年》之十九《回家》，刊于《时事新报》副刊《青光》。

二十七日：《两年》之二十《阴历》，刊于《时事新报》副刊《青光》。

二十八日：《两年》之二十一《巡捕》，刊于《时事新报》副刊《青光》。

二十九日：《两年》之二十二《教育》，刊于《时事新报》副刊《青光》。

三十日：《两年》之二十三《未完》，刊于《时事新报》副刊《青光》。

三十一日：《两年》之二十四《现在》，刊于《时事新报》副刊《青光》。

二月

一日：《两年》之二十五《享受》，刊于《时事新报》副刊《青光》。

二日：《以女性为中心的笔生花》，刊于《真美善》

（半月刊、月刊、季刊，曾朴、曾虚白编辑，上海真美善书店发行）一周年纪念号外（女作家号），署名：傅彦长。

三日：《两年》之二十六《发展》，刊于《时事新报》副刊《青光》。

三日：傅氏"拟作：第三夜，从许贝德前一日说起焉"。（《傅彦长日记》）

四日：《两年》之二十七《寂寞》，刊于《时事新报》副刊《青光》。

五日：《两年》之二十八《随便》，刊于《时事新报》副刊《青光》。

□日：《两年》之二十九《□□》，刊于《时事新报》副刊《青光》（按：发表日期、篇名待考）。

十日：《海葬》（小说）、《交响曲》（小说）、《自己笑的笑话》，刊于《小说月报》第二十卷第二号，均署名：穆罗茶。

十二日：傅氏"写定《两年》第三十段，名曰《前文》"。（《傅彦长日记》）

十四日：《两年》之三十《前文》，刊于《时事新报》副刊《青光》。

十五日：《两年》之三十一《牺牲》，刊于《时事新报》副刊《青光》。

十七日：《两年》之三十二《责任》，刊于《时事新报》副刊《青光》。

十八日：《两年》之三十三《做人》，刊于《时事新报》副刊《青光》。

十九日：《两年》之三十四《看戏》，刊于《时事新报》副刊《青光》。

二十日：《两年》之三十五《聚餐》，刊于《时事新报》副刊《青光》。

二十一日：《两年》之三十六《梵语》，刊于《时事新报》副刊《青光》。

二十二日：《两年》之三十七《佛经》，刊于《时事新报》副刊《青光》。

二十四日：《两年》之三十八《大藏》，刊于《时事新报》副刊《青光》。

二十五日：《两年》之三十九《歌剧》，刊于《时事新报》副刊《青光》。

二十六日：《两年》之四十《医院》，刊于《时事新报》副刊《青光》。

二十七日：《两年》之四十一《元宵》，刊于《时事新报》副刊《青光》。

二十八日：《两年》之四十二《时局》，刊于《时事新报》副刊《青光》。

本月：中篇小说《五岛大王》，由上海开明书店出版，署名：穆罗茶。王世颖作序，序称："穆罗茶兄近来在创作方面十分努力，《五岛大王》便是努力的结果之一。此书曾于去年连续在《时事新报》的《青光》上发表，历二月之久，始登载完毕。登完之后，我要求他将这本书编为黎明小丛书之一，他应允了我的要求，可惜印刷上耽误了许多时候，直到现在才能出版。"

三月

一日：《下等船客》（小说），刊于《金屋月刊》第三期，署名：穆罗茶。

一日：《两年》之四十三《紧张》，刊于《时事新报》副刊《青光》。

二日：《两年》之四十四《舒服》，刊于《时事新报》副刊《青光》。

四日：《两年》之四十五《杀戮》，刊于《时事新报》副刊《青光》。

五日：《两年》之四十六《深夜》，刊于《时事新报》副刊《青光》。

六日：《两年》之四十七《装饰》，刊于《时事新报》副刊《青光》。

七日：《两年》之四十八《胖子》，刊于《时事新报》副刊《青光》。

八日：《两年》之四十九《单调》，刊于《时事新报》副刊《青光》。

十日：《两年》之五十《表哥》，刊于《时事新报》副刊《青光》。

十日：《去戴顶子的人》（小说）、《第三夜》（小说），刊于《小说月报》第二十卷第三号，署名：穆罗茶。

十一日：《两年》之五十一《洋火》，刊于《时事新报》副刊《青光》。

十二日：《两年》之五十二《别宴》，刊于《时事新报》副刊《青光》。

十三日：《两年》之五十三《晚上》，刊于《时事新报》副刊《青光》。

十四日：《两年》之五十四《投胎》，刊于《时事新报》副刊《青光》。

十五日：《两年》之五十五《巡礼》，刊于《时事新报》副刊《青光》。

十五日：《峨特式建筑》、《十年书之后的一夕话》，刊于《雅典》第三期。

十六日：《原谅》，刊于《真美善》第三卷第五号，《十字架》刊于《真美善》第三卷第六号，均署名：穆罗茶。

十七日：《两年》之五十六《结束》，刊于《时事新报》副刊《青光》。

十八日：《两年》之五十七《家居》，刊于《时事新报》副刊《青光》。

十九日：《两年》之五十八《口号》，刊于《时事新报》副刊《青光》。

二十日：《两年》之五十九《迁就》，刊于《时事新报》副刊《青光》。

二十一日：《两年》之六十《国学》，刊于《时事新报》副刊《青光》。

二十一日：傅氏"校阅'雅典'稿子"。（《傅彦长日记》）

二十二日：《两年》之六十一《研究》，刊于《时事新报》副刊《青光》。

二十四日：《两年》之六十二《怀疑》，刊于《时事新报》副刊《青光》。

二十五日：《两年》之六十三《齿痛》，刊于《时事新报》副刊《青光》。

二十六日：《两年》之六十四《剪发》，刊于《时事新报》副刊《青光》。

二十七日：《两年》之六十五《弹词》，刊于《时事新报》副刊《青光》。

二十八日：《两年》之六十六《碑帖》，刊于《时事新报》副刊《青光》。

二十九日：《两年》之六十七《械斗》，刊于《时事新报》副刊《青光》。

三十一日：《两年》之六十八《胃痛》，刊于《时事新报》副刊《青光》。

四月

一日：《两年》之六十九《繁华》，刊于《时事新报》

副刊《青光》。

二日：《两年》之七十《提琴》，刊于《时事新报》副刊《青光》。

三日：《两年》之七十一《典故》，刊于《时事新报》副刊《青光》。

三日：傅氏"代王夫凡作《合作歌》之曲一首"。（《傅彦长日记》）

四日：《两年》之七十二《日记》，刊于《时事新报》副刊《青光》。

五日：《两年》之七十三《平等》，刊于《时事新报》副刊《青光》。

七日：《两年》之七十四《职业》，刊于《时事新报》副刊《青光》。

八日：《两年》之七十五《小说》，刊于《时事新报》副刊《青光》。

九日：《两年》之七十六《罪恶》，刊于《时事新报》副刊《青光》。

九日：傅氏"拟作：同我不相干的一桩故事"。（《傅彦长日记》）

十日：《两年》之七十七《规矩》，刊于《时事新报》副刊《青光》。

十一日：《两年》之七十八《除夕》，刊于《时事新报》副刊《青光》。

十二日：傅氏"作：七年十一月十一日"。（《傅彦长日记》）

十三日：《两年》之七十九《喜酒》，刊于《时事新报》副刊《青光》。

十四日：《两年》之八十《牛肉》，刊于《时事新报》副刊《青光》。

十五日:《两年》之八十一《印象》,刊于《时事新报》副刊《青光》。

十五日:《方言》,刊于《雅典》(刊名改署《雅典月刊》)第四期,署名:傅彦长。

十六日:《两年》之八十二《统计》,刊于《时事新报》副刊《青光》。

十六日:《南京人万岁》,刊于《真美善》第四卷第一号,署名:傅彦长。

十七日:《两年》之八十三《工作》,刊于《时事新报》副刊《青光》。

十八日:《两年》之八十四《预备》,刊于《时事新报》副刊《青光》。

十九日:《两年》之八十五《社交》,刊于《时事新报》副刊《青光》。

二十一日:《两年》之八十六《背景》,刊于《时事新报》副刊《青光》。

二十二日:《两年》之八十七《无聊》,刊于《时事新报》副刊《青光》。

二十三日:《两年》之八十八《冲突》,刊于《时事新报》副刊《青光》。

二十四日:《两年》之八十九《忻慕》,刊于《时事新报》副刊《青光》。

二十五日:《两年》之九十《证婚》,刊于《时事新报》副刊《青光》。

二十六日:《两年》之九十一《优秀》,刊于《时事新报》副刊《青光》。

二十七日:傅氏"午前在家校阅雅典月刊第四期稿子"。(《傅彦长日记》)

二十八日:《两年》之九十二《政治》,刊于《时事新报》副刊《青光》。

二十九日：《两年》之九十三《造反》，刊于《时事新报》副刊《青光》。

三十日：《两年》之九十四《得意》，刊于《时事新报》副刊《青光》。

五月

一日：《两年》之九十五《以往》，刊于《时事新报》副刊《青光》。

一日：傅氏记，"《五岛大王》近日出版，一个可以纪念之日子也"。（《傅彦长日记》）（按：该书版权页标注的出版日期为本年二月，疑实际出版时间延至本年五月初。）

三日：《两年》之九十六《著书》，刊于《时事新报》副刊《青光》。

五日：《两年》之九十七《浪漫》，刊于《时事新报》副刊《青光》。

六日：《两年》之九十八《弱者》，刊于《时事新报》副刊《青光》。

六日：傅氏"午后两时以前在家写《两年》第一百段（馀言）。《两年》就此完成了"。（《傅彦长日记》）

七日：《两年》之九十九《黄昏》，刊于《时事新报》副刊《青光》。

八日：《两年》之一百《馀言》，刊于《时事新报》副刊《青光》。傅氏记，"《两年》第一百段'馀言'今日在《时事新报》上登出，全书完矣"。（《傅彦长日记》）

十五日：傅氏"午后三时以前在家写《盐包》一篇"。（《傅彦长日记》）

十六日：傅氏记，"洵美与予言：'你的《两年》，交

与金屋书店印吧。'予曰'诺'"。(《傅彦长日记》)

十六日:《盐包》,刊于《真美善》第四卷第二号,署名:穆罗茶。

十八日:傅氏"拟作《浪漫时代》"。(《傅彦长日记》)

本月:小说集《阿姊》,由上海世界书局出版,署名:穆罗茶。目次:《阿姊》、《小木匠》、《星期美点》、《洋行小鬼》、《宇惠亚麻》、《三个人》、《车夫会》、《鞋子》、《回家》、《雨》、《疲倦》、《移鼠》。

六月

十六日:傅氏"拟作《运气》"。(《傅彦长日记》)

七月

十二日:傅氏"拟作莎士比亚以外的英国人"。(《傅彦长日记》)

十六日:傅氏"在家写文章一篇,题目曰《娱乐的价值》"。(《傅彦长日记》)

十八日:傅氏"校阅旧稿成一书,曰《音乐散文集》,有文五篇:十二大音乐家的小传、人间方面的华格那、华格那乐剧的概观、肖邦与乔治桑、十七年上海的音乐界是也"。(《傅彦长日记》)

十九日:《娱乐的价值》,刊于《申报》副刊《艺术界》,署名:包罗多。

二十一日:《音乐的喜剧》,刊于《申报》副刊《艺术界》,署名:包罗多。

二十九日:《希腊文化的特征》,刊于《申报》副刊《艺术界》,署名:包罗多。

八月

一日:《男性美》,刊于《影戏杂志》(月刊,卢梦殊、黄漪磋编辑,上海联业编译广告公司杂志部出版)第一卷第二号,署名:包罗多。

十三日：傅氏"续写文章，完篇，曰《一篇想像式的对话》"。（《傅彦长日记》）

二十五日至二十九日：傅氏"写音乐常识一百条"。（《傅彦长日记》）

本月：文艺评论集《音乐文集》，由上海三民公司出版，署名：傅彦长。目次：《十二大音乐家的小传》、《人间方面的华格那》、《肖邦与乔治桑》、《十七年上海的音乐界》、《小序》。傅氏序言："中华民国十二年五月十三日，我动手编音乐界杂志，过了几天就是二十五日，第一期是这样的出版了。以后出到了第十二期的时候，这一个短命的杂志就此夭折了下来。我对于音乐上的著作兴致，以后也就此而一蹶不振。一直到现在，我在音乐著作方面，差不多竟然是一无发表。现在再把这一本以前所已经写过的《音乐文集》来付印问世，决不是自以为对于音乐上有什么了不得的所在，只不过是出于一种怀旧的情调而已。我多谢我的老朋友吴拯寰先生，没有他的帮助，这一本书就没有出版的机会了。"

九月

十日：《一篇想象的对话》，刊于《诗与散文》（刊别不详，刘大白、柳亚子、徐蔚南、茅盾、曾孟朴、苏曼殊、傅彦长编辑，上海世界书局印刷、发行，仅出一期即被查封）第一本，署名：穆罗茶。

十九日：傅氏"作：地上有天国的时代，约千馀字"。（《傅彦长日记》）

十月

十二日：傅氏作《从零度出发》。（《傅彦长日记》）

十六日：傅氏记，"拟作：予之文学履历，以若谷亦要作此文，故决意放弃此权利矣"。（《傅彦长日记》）

二十四日：傅氏"拟作□□。其起句是：对于无论什么，我敢肯定的说，一切从好的方面去着想，一想就着"。（《傅彦长日记》）

二十九日：傅氏"拟作：可以告人的生活"。（《傅彦长日记》）

十一月

一日：《地上有天国的时候》，刊于《当代诗文》（刊别不详，刘大白、柳亚子、徐蔚南、茅盾、曾孟朴、苏曼殊、傅彦长编辑，上海世界书局出版、发行）创刊号，署名：穆罗茶。

七日至十一日：傅氏作《国史 ABC》。（《傅彦长日记》）

十二日：傅氏"作文一篇曰《林》"。（《傅彦长日记》）

十二月

十五日：《林》（小说），刊于《新文艺》（月刊，刘呐鸥、施蛰存、戴望舒编辑，水沫书店发行）第一卷第四号，署名：穆罗茶。

一九三〇年（民国十九年　庚午）

一月

本月：缪天瑞著《简易看谱法》，由上海三民公司出版，傅彦长校阅。

二月

二日：傅氏"拟作：亭子间。我有许多朋友"。（《傅彦长日记》）

五日：《我的艺术经历》，刊于《申报》副刊《艺术界》，署名：包罗多。

十六日：傅氏"拟作：群众与艺术家"。（《傅彦长日记》）

三月

一日：《合作歌》（陈果夫作词、傅彦长谱曲），刊于《新生命》（月刊，王世颖编辑，上海新生命月刊社发行）第三卷第三期。

八日：《艺术家与群众》，刊于《申报》副刊《艺术界》，署名：包罗多。

十五日：傅氏"拟作小说一篇"。（《傅彦长日记》）

四月

十三日：傅氏"拟作：他每天有呆定着的问题等他去解决"。（《傅彦长日记》）

十七日：傅氏"午后三时起，动手写一篇文章，曰：《文学上的平凡见解》——七时写好"。（《傅彦长日记》）

五日：《从零度出发》，刊于《邮声》（月刊，上海邮声社编辑、发行）第四卷第四期，署名：包罗多。

五月

六日：傅氏记，"洵美今日与予言：《两年》决定不印了"。（《傅彦长日记》）

六月

十日：《合作歌》（陈果夫作词、傅彦长谱曲），刊于《合作讯》（北平中国华洋义赈救灾总会农利股编辑、发行）第五十九期。

二十三日：傅彦长等《民族主义文艺运动宣言》，转载于《申报》副刊《艺术界》。

二十五日：傅彦长等《民族主义文艺运动宣言》，转载于《民国日报》副刊《觉悟》（经由性初《民族主义的文艺运动》转引）。

二十九日：傅彦长等《民族主义文艺运动宣言》（待续），刊于《前锋周报》（周刊，李锦轩编辑，上海现代书局发行）第二期。

三十日：《中国士大夫的退让思想》，刊于《学生》（刊别不详，上海同济大学附设各科学生会编辑、出版，傅氏名列该刊编辑顾问）第二期，署名：包罗多。

三十日：《合作歌》（陈果夫作词、傅彦长谱曲），刊于《中央周报》（周刊，南京中央周报编辑委员会编辑，中国国民党中央执行委员会宣传部发行）第一百零八期。

七月

一日：《合作歌》（陈果夫作词、傅彦长谱曲），刊于《新湖北》（半月刊，汉口中国国民党湖北省党部临时整理委员会宣传部编辑、发行）第二卷第十二期。

六日：傅彦长等《民族主义文艺运动宣言》（续完），刊于《前锋周报》第三期。

十五日：傅彦长等《民族主义文艺运动宣言》，刊于《湖北教育厅公报》（半月刊、月刊，武昌湖北省政府教育厅编辑、发行）第一卷第六期。

二十三日：傅氏记，"拟作要点：一不谈音乐，二自头至尾无一足字。此拟作至少十万字，现在结构中，不日要动笔。只写事实，不发议论，中心人物都在亭子间"。（《傅彦长日记》）

二十四日：傅氏"从洵美处取回所作《两年》之稿子"。（《傅彦长日记》）

二十六日：《合作歌》（陈果夫作词、傅彦长谱曲），刊于《浙江教育行政周刊》（周刊，杭州浙江省教育厅编辑、发行）第四十七期。

八月

五日：傅氏"拟作贞德与花木兰"。（《傅彦长日记》）

七日：傅氏"拟作：长篇小说一本，约拾万字，曰

《炮台的防御者》"。(《傅彦长日记》)

八日:傅彦长等《民族主义文艺运动宣言》,刊于《开展》(月刊,南京开展文艺社主办,曹剑萍主编,南京开展书店发行)(创刊号)。

八日:傅氏"作文一篇,名——《街》,约两千馀字"。(《傅彦长日记》)

九日:傅彦长等《民族主义文艺运动宣言》,刊于《浙江党务》(周刊、月刊,杭州中国国民党浙江省党部宣传部编审科编辑,中国国民党浙江省党务指导委员会发行)第九十八期。

十九日:傅氏"动手写《炮台的防御者》"。(《傅彦长日记》)

二十八日:傅氏记,"拟编杂志之目录:一、编辑者言,其子目为:宣言等等;一、短篇小说,其子目为:中华民国万岁等等;一、文艺杂谈,其子目为:商务书本的最后一页,黄震遐最后信件之一等等。又,长篇创作曰:白少禾"。(按:此处据《傅彦长日记》整理本,另据傅氏《两年》,"白少禾",应作"白小禾"。)

九月

一日:傅氏"作文一篇,曰《宣言》"。(《傅彦长日记》)

四日:傅氏"将十六年十二月二十五日所作《旧金山的元旦日》补上一段"。(《傅彦长日记》)

本月:《街》(小说),刊于《金屋月刊》第十二期,署名:穆罗茶。

十月

十日:傅彦长等《民族主义文艺运动宣言》,刊于《前锋月刊》(月刊,朱应鹏、傅彦长等编辑,上海现代书局发行)(创刊号)。

十日：《中国需要有民族特性的影片》（附照片），刊于《电影》（月刊，英文名 *The Movie Monthly*，卢梦殊、周世勋先后主编，上海文华美术图书印刷公司出版、发行）第四期。

十一日：傅氏记，"去年十月十二日所作《从零度出发》一文，今日始自文华上看到"。（《傅彦长日记》）

十三日：傅氏记，"《炮台的防御者》，重新从第一个字写起，希望早点弄好"。（《傅彦长日记》）

二十四日：傅氏"拟作：《一少年》，记黄震遐事，上帝无始无终，黄似焉。又拟作：《一个不养儿子的在家人》"。（《傅彦长日记》）

二十五日：《从零度出发》，刊于《文华》（月刊，赵苕狂、张亦庵、梁鼎铭等编辑，上海好友艺术社出版、文华美术图书印刷有限公司发行）第十二期，署名：包罗多。

十一月

十日：《以民族意识为中心的文艺运动》，刊于《前锋月刊》第一卷第二期，署名：傅彦长。

十日：《金宽生君的婚前小记》（附题词），刊于《草野》号外，署名：傅彦长。

十日：傅氏"拟作剧本，独幕剧，名《结婚的前夜》，布景在一室内，登场人物为青年五六人"。（《傅彦长日记》）

十四日：傅氏"作文一篇，名曰《被人利用的程序》"。（《傅彦长日记》）

十二月

十一日：傅氏"拟作：没落中的家"。（《傅彦长日记》）

二十七日：傅氏记，"晨，半夜，一点钟，已在写

《炮台的防御者》，恰巧结束，洋油灯亦自行灭息"。
（《傅彦长日记》）

一九三一年（民国二十年　辛未）

一月

十日：《炮台的防御者》（小说），刊于《前锋月刊》
第一卷第四期，署名：穆罗茶。

三月

十日：《沟》，刊于《前锋月刊》第一卷第六期，署
名：穆罗茶。

四月

一日：《亲爱的同志》（小说），刊于《世界杂志》
（月刊，杨哲明编辑，上海世界书局发行）第一卷第四
期，署名：穆罗茶。

五月

一日：《个人主义的是非》，刊于《学声》（月刊，上
海同济大学中学部学生自治会出版股编辑）第二期，署
名：包罗多。

七月

十一日：《合作歌》（陈果夫作词、傅彦长谱曲），刊
于《盛京日报》。

八月

二十二日：《十九个儿子和十二个女儿》，刊于《草
野》（半月刊，郭兰馨、王铁华先后编辑，上海草野社
出版、发行）第六卷第一号，署名：傅彦长。

九月

本月：教科书《音乐常识问答》（纳入缪天瑞主编的
《音乐丛书》，书名页又标《音乐常识问答百条》），由上
海三民公司出版，署名：傅彦长，作自序。傅氏在序文

中，列举的中文参考书，文有张若谷《音乐 ABC》，王光祈《欧洲音乐进化论》，丰子恺《音乐在近世欧洲的地位的变迁》，小松耕辅《西洋音乐史》、《西洋音乐的知识》，门马直卫《音乐理论的常识》，大田黑元雄《音乐的横颜》，并感谢谭抒真、缪天瑞、吴拯寰提供帮助。

十二月

十五日：《路易韦尧祭》，刊于《盛京时报》，署名：罗汉素。

一九三二年（民国二十一年　壬申）

三月

二十八日：傅氏"拟作：垃圾堆底下的挣扎"。（《傅彦长日记》）

七月

三日：傅氏"拟作：以历史为出发点的唯物地观"。（《傅彦长日记》）

六日：傅氏"拟作野眼"。（《傅彦长日记》）

八月

二十日：傅氏"拟作：不平则鸣与平则不鸣"。（《傅彦长日记》）

十月

本月：《狂澜的第一个决口》，刊于《晨报国庆画报》（年刊，上海晨报社发行），署名：傅彦长。

本月：《合作歌》（陈果夫作词、傅彦长谱曲），刊于《合作讲习手册》（第一辑）（《中国华洋义赈救灾总会丛刊·戊种五号》，中国华洋义赈救灾总会驻沪事务所刊行）。

十二月

沈仲文选编《现代文学杰作全集：现代诗杰作选》，

由上海青年书店出版，收录傅氏《女神》（新诗）。

一九三三年（民国二十二年　癸酉）

二月

十日：傅氏"拟作：她不会再来看我了——说过去时代她幼小的情形。十年后，拜望名气大的 X 先生，以后 X 访问 Y 先生时，Y 说，她希望有人伴她到舞场……"。（《傅彦长日记》）

十五日：《合作歌》（陈果夫作词、傅彦长谱曲），刊于《农友》（月刊，先后由汉口豫鄂皖赣四省农民银行、中国农民银行总行调查处编辑，豫鄂皖赣四省银行、中国农民银行发行）第一卷第二期。

三月

十日：傅氏"作文乙篇，名曰《被人了解的艺术作品是怎样的一个标准》"。（《傅彦长日记》）

十一日：傅氏"午前将昨日所写一文重行写定，于午时到花园坛九四号交与魏君"。（《傅彦长日记》）

二十日：《被人了解的艺术作品是怎样的一个标准》，刊于《曼陀罗》（半月刊，上海曼陀罗社、魏猛克编辑）创刊号，署名：傅彦长。

八月

一日：《诗一首》（新诗），刊于《文艺座谈》（半月刊，文艺座谈社编辑，上海新时代书局发行）第一卷第三期（作家生活专号），署名：傅彦长。

十月

十五日：《法国现代的女作家》，刊于《微言》（周刊，上海微言周刊社编辑、发行）第一卷第二十期，署名：罗汉素。

一九三四年（民国二十三年　甲戌）

一月

二十八日：《不自由的舒服》，刊于《时事新报》副刊《青光》（星期特刊），署名：傅彦长。

本月：《自言自语》，刊于《芥舟》（季刊，上海芥舟编辑委员会编，上海同济大学附属中学部学生自治会出版股出版）第二期，署名：穆罗茶。

六月

九日：《融化于自然中的生命》，刊于《大公报》（日报，一九〇二年六月十七日创刊于天津，一九一六年由胡政之任经理兼总编辑，一九二六年九月一日起，由吴鼎昌、胡政之、张季鸾等接办），署名：傅彦长。

七月

十六日：《谈谈夏天生活》，刊于《时代》（半月刊，王敦庆、张大任、陆志庠等编辑，张光宇发行）第六卷第六期，署名：傅彦长。

十六日：《合作歌》（陈果夫作词、傅彦长谱曲），刊于《新世界》（半月刊，张从吾编辑，重庆民生实业公司发行）第五十期。

八月

十一日：《谈刻扣》，刊于《人言》（周刊，邵洵美编辑，上海第一出版社发行）第一卷第二十六期（半周年特大号），署名：傅彦长。

十五日：《挤在一处的轨道》，刊于《大公报》（天津）之《文艺副刊》第九十三期，署名：傅彦长。

九月

十五日：《谈浪费》，刊于《人言》第一卷第三十一期，署名：傅彦长。

十月

十日：《谈幸福》，刊于《文艺画报》创刊号（月刊，叶灵凤、穆时英编辑，上海杂志公司发行），署名：傅彦长。

十一月

三日：《谈冷淡》，刊于《人言》第一卷第三十八期，署名：傅彦长。

十二月

本月：《合作歌》（陈果夫作词、傅彦长谱曲），刊于《第一次合作讲习会丛刊》（中国华洋义赈救灾总会湖南分会丛刊甲种四号）。

本年

《合作歌》（陈果夫作词、傅彦长谱曲），刊于《四川农业》第八号（合作专号）。

一九三五年（民国二十四年　乙亥）

一月

一日：《合作歌》（陈果夫作词、傅彦长谱曲），刊于《历城县合作特刊》（刊别不详，山西省历城县合作指导员张家恭主编，历城县政府第四科发行）创刊号。

四月

五日：《脚底下的梦想》，刊于《文饭小品》（月刊，康嗣群编辑，上海杂志公司发行）第三期，署名：傅彦长。

六月

十日：《锁链》，刊于《文艺大路》（月刊，汪迪民主编，上海文艺大陆社发行）第一卷第二期，署名：傅彦长。

九月

七日:《谈沿革》,刊于《人言周刊》第二卷第二十六期,署名:傅彦长。

十月

十日:《谈人事》,刊于《十日杂志》(旬刊,张佛千主编,上海)第一期,署名:傅彦长。

十一月

二十五日:《论漫画的实感》,刊于《独立漫画》(半月刊、月刊,张光宇主编,上海独立出版社发行)第五期,署名:傅彦长。

一九三六年(民国二十五年 丙子)

一月

十五日:《拥戴俗气的说话》,刊于《国花》(廉建中编辑、无锡启明中学发行)第三十六期,署名:傅彦长。

二月

二十九日:《关于王光祈先生》,刊于《立报》(日报,一九三五年九月二十日创办于上海,成舍我、张友鸾、萨空了等先后任总编辑,严谔声任总经理。一九三七年十一月二十五日停刊。抗战胜利后在上海复刊),署名:傅彦长。

五月

十六日:《样子间》,刊于《西北风》(半月刊,史天行主编,汉口良友图书公司、华中图书公司发行)第二期,署名:傅彦长。

六月

十六日:《想到就写的十九则》,刊于《文风》(月刊,上海文风社编辑,上海正风文学院出版)第二期,署名:傅彦长。

十六日:《合作歌》(陈果夫作词、傅彦长谱曲),刊于《江苏合作》(江苏合作半月刊社编辑、发行)创刊特大号。

七月

四日:《合作歌》(陈果夫作词、傅彦长谱曲),刊于《浙江合作》(半月刊,浙江合作半月刊社编辑,浙江省建设厅合作事业室发行)第四卷第一期。

二十五日:《讲理与说情》,刊于《立报》副刊《言林》,署名:傅彦长。

三十日:《关于照例的反感》,刊于《立报》副刊《言林》,署名:傅彦长。

八月

七日:《鼓腹》,刊于《立报》副刊《言林》,署名:傅彦长。

十日:《出远门》,刊于《立报》副刊《言林》,署名:傅彦长。

十七日:《面孔与肚肠》,刊于《立报》副刊《言林》,署名:傅彦长。

二十一日:《肉麻到那里去》,刊于《立报》副刊《言林》,署名:傅彦长。

二十九日:《杂感》,刊于《立报》副刊《言林》,署名:傅彦长。

九月

四日:《消化》,刊于《立报》副刊《言林》,署名:傅彦长。

五日:《船》,刊于《万象》(月刊,胡考编辑,上海万象出版社出版,中国图书杂志公司发行)第一期(创刊号),署名:傅彦长。

七日:《甲壳》,刊于《立报》副刊《言林》,署名:

傅彦长。

十三日：《艺术家》，刊于《立报》副刊《言林》，署名：傅彦长。

十六日：《方寸地上集聚着的垃圾堆》，刊于《论语》（半月刊，先后由章克标、孙斯鸣、林语堂、陶亢德、邵洵美、郁达夫、林祖望、李青崖、明耀五编辑，先后由上海中国美术刊行社、时代图书公司发行）第九十六期，署名：傅彦长。

十月

二日：《沉默》，刊于《立报》副刊《言林》，署名：傅彦长。

七日：《熟年》，刊于《立报》副刊《言林》，署名：傅彦长。

十一月

十八日：《小虫的旋律》（新诗），刊于《小民报》，署名：傅彦长。

十二月

五日：《关于鲁迅先生》，刊于《西北风》第十三期，署名：傅彦长。

十五日：《合作歌》（陈果夫作词、傅彦长谱曲），刊于《华北合作》（月刊，北京华北农业合作事业委员会编辑、出版）第三卷第六期。

十六日：《生命的防线》，刊于《时代》第一百一十三期，署名：傅彦长。

本年

《合作歌》（陈果夫作词、傅彦长谱曲），刊于《昆山教育》（季刊，曾名《昆山县教育季刊》，一九三五年起改名《昆山县教育公报》，江苏省昆山县教育局编辑、发行）第九期。

一九三七年（民国二十六年　丁丑）

一月

十五日：《观感论》，刊于《西北风》第十六期，署名：傅彦长。

二十五日：《说到一些关于乌龟的话》，刊于《上海漫画》（月刊，上海漫画社编辑，上海独立出版社出版）第九期，署名：傅彦长。

二十五日：《蜉蝣》，刊于《南风》（半月刊、月刊，汤增敭主编，上海南风社编辑、发行）第一卷第一期（创刊号），署名：傅彦长。

二月

十日：《艺术家》，刊于《好文章》第五期，署名：傅彦长。

本月：金冬雷著《英国文学史纲》，由上海商务印书馆出版，傅氏作序。

三月

一日：《全家福式的占有》，刊于《泼克》创刊号（仅出一期，张光宇、叶浅予主编，上海独立出版社出版），署名：傅彦长。

十日：《沉默》，刊于《好文章》第六期，署名：傅彦长。

十一日：〔日〕高山林次郎《灵想》（译文），刊于《南报》副刊《南风》，

二十七日：《伞下闲步思》，刊于《南报》（一九三七年三月三日创刊于上海，一九三七年九月二日仍见出版）副刊《南风》（甘石编辑），署名：傅彦长。

四月

九日：《驻扎所》，刊于《南报》副刊《南风》，署

名：傅彦长。

二十三日：《火把》，刊于《南报》副刊《南风》，署名：傅彦长。

五月

一日：《格言联偶拾》，刊于《南报》，署名：硕。

十日：《脚底下的梦想》，刊于《好文章》第八期，署名：傅彦长。

十五日：《百感集》，刊于《南报》副刊《南风》，署名：傅彦长。

七月

二十日：《十本文学书》，刊于《南报》副刊《南风》，署名：傅彦长。

十月

十九日：鲁迅纪念委员会编印《鲁迅先生纪念集（评论与记载）》，收录傅氏《关于鲁迅先生》一文。

一九三八年（民国二十七年　戊寅）

十二月

二十一日：《如何工作下去》，刊于《中国青年》（旬刊，英国人希尔斯编辑，上海青年旬报社发行）第一卷第六期，署名：傅彦长。

一九三九年（民国二十八年　己卯）

五月

十五日：《黑红的水风茶》（小说），刊于《南风》（月刊，先后由林微音、林尚志编辑，周乐山、上海商务印书馆发行）第一卷第一期，署名：傅彦长。

七月

十五日：《肠胃的隐居时代》（小说），刊于《南风》

第一卷第三期，署名：傅彦长。

十六日：《独酌者的台面》（小说），刊于《文笔》（周刊、半月刊，王玉编辑，上海文笔社出版）第一卷第五期，署名：傅彦长。

八月

一日：《悌》（小说），刊于《文笔》第一卷第六期，署名：傅彦长。

十五日：《杨梅的呼啸》（小说），刊于《南风》第一卷第四期，署名：傅彦长。

二十日：《谈语言文字的不朽性》，刊于《社会科学》（月刊，上海社会科学会出版、发行）第一卷第一期（创刊号），署名：傅彦长。

九月

十五日：《沐浴间奏曲》（小说），刊于《南风》第一卷第五期，署名：傅彦长。

十六日：《贝金与洪定》（小说），刊于《文笔》第一卷第九期，署名：傅彦长。

二十日：《语言文字的统一与其活动》，刊于《社会科学》第一卷第二期，署名：傅彦长。

十月

十五日：《星巾鼠瓜》（小说），刊于《南风》第一卷第六期，署名：傅彦长。

二十日：《语言文字的文化定质》，刊于《社会科学》第一卷第三期，署名：傅彦长。

本月：《明天如何生活下去》（小说），刊于《文学研究》（月刊，上海文学研究月刊社编辑，徐闻海发行）第一卷第一期（创刊号），署名：傅彦长。

十一月

十五日：《一个说话人的自白》（小说）刊于《南风》

第二卷第一期，署名：傅彦长。

二十日：《谈语言文字的形式》，刊于《社会科学》第一卷第四期，署名：傅彦长。

本月：《背景》，刊于《文学研究》第一卷第二期，署名：傅彦长。

十二月

十五日：《尘》（小说），刊于《南风》第二卷第二期，署名：傅彦长。

二十日：《语言文字的反正与是非》，刊于《社会科学》第一卷第五期，署名：傅彦长。

二十五日：《艺术哲学的无聊》，刊于《晨报》，署名：傅彦长。

本月：《皮蛋上的天堂》（小说），刊于《文学研究》第一卷第三期，署名：傅彦长。

一九四〇年（民国二十九年　庚辰）

一月

一日：《谈游》，刊于《旅行杂志》第十四卷第一期（正月特大号），署名：傅彦长。

十三日：《谈变》，刊于《文哲》（周刊，上海文哲周刊社编辑、出版）第一卷第一期（特大号），署名：傅彦长。

本月：《蜘蛛》（小说），刊于《南风》第二卷第三期，署名：傅彦长。

二月

十二日：《土地与城隍》，刊于《晨报》副刊《七日文艺》第十六期，署名：傅彦长。

本月：《碰与睡》（新诗），刊于《文学研究》第一卷第五期，署名：傅彦长。

五月

六日：《静夜的头绪》，刊于《中报周刊》（周报，陈达哉编辑，南京中报社出版部发行，傅氏列名该刊出版委员会委员）创刊号，署名：傅彦长。

七月

八日：《哀悼穆同志的话》，刊于《中报周刊》第十期，署名：傅彦长。

十月

十日：《谈人情》，刊于《新东方杂志》第二卷第三期，署名：傅彦长。

十日：《教育文艺的形式及其材料》，刊于《教育建设》（月刊，陈瑞志编辑，南京中国教育建设协会出版）第一卷第一期，署名：傅彦长。

二十一日：《关于政治上的尊严》，刊于《中报周刊》第二十五期，署名：傅彦长。

十一月

十一日：《政治体统的力量》，刊于《中报周刊》第二十八期，署名：傅彦长。

一九四一年（民国三十年　辛巳）

八月

本月：《在感觉世界中》，刊于《作家》（始为月刊，后改季刊，丁丁编辑，苏州作家出版社出版，中国作家联谊会发行）第一卷第三期，署名：傅彦长。

九月

十五日：《方外的反感》，刊于《华文大阪每日》（始为半月刊，后改月刊，初由大阪每日新闻社、东京日日新闻社联合编辑、发行，后由大阪每日新闻社单独承办，并更名《华文每日》）第七卷第六期（第七十号），署名：傅彦长。

一九四二年（民国三十一年）

一月

一日：《再生者》，刊于《作家》第二卷第一期，署名：傅彦长。

三月

一日：《谈我的朋友》，刊于《作家》第二卷第三期，署名：傅彦长。

十一月

一日：《从尊敬与亲爱说起》，刊于《华文每日》（详见《华文大阪每日》简介）第九卷第九期（第九十七号，上海版创刊号），署名：傅彦长。

十二月

一日：《〈星光〉四周年纪念大征文当选作品：读后的私见》，刊于《华文每日》第九卷第十一期（第九十九号），署名：傅彦长。

一九四三年（民国三十二年　癸未）

一月

一日：《谈儿戏》，刊于《人间味》（月刊，滕树谷主编，南京人间味杂志社出版、发行）第一卷第一期（创刊号），署名：傅彦长。

九日：《谈预定的正经话》，刊于《中国商报》，署名：傅彦长。

十日：《谈儿戏》，刊于《中国商报》，署名：傅彦长。

十二日：《谈预定的正经话》，刊于《太平洋周报》（周刊，方昌浩编辑，上海中国文化服务社发行）第一卷第五十一期，署名：傅彦长。

二月

一日：《替别人打算的话》，刊于《人间味》第一卷第二期，署名：傅彦长。

一日：《谈寒暄语》，刊于《一般》第一卷第一期，署名：傅彦长。

十五日：《闲话南京》，刊于《新学生》[月刊、双月刊，苏州（汪伪）江苏省教育厅编辑、发行] 第二卷第二期（二月号），署名：傅彦长。

三月

一日：《谈出世娘胎之后第二次又做的事情》，刊于《大道月刊》（月刊，江苏泰县大道月刊社出版）第一卷第三期。

十五日：《谈不想大事的头脑》，刊于《新学生》第二卷第三期（三月号），署名：傅彦长。

四月

十五日：《挂号与拔号》，刊于《人间》（月刊，胡也频、吴易生等主办，上海人间出版社出版、发行）第一卷第一期（创刊号），署名：傅彦长。

五月

一日：《谈好日子及其他》，刊于《新东方杂志》第七卷第五期，署名：傅彦长。

十五日：《情感的价格》，刊于《文友》（半月刊，郑吾山编辑、上海每日新闻分馆文友社发行）第一卷第一期（创刊号），署名：傅彦长。

十五日：《人间的成见》，刊于《人间》第一卷第二期，署名：傅彦长。

六月

一日：《看破的见解》，刊于《太平洋周报》第一卷第六十七期，署名：傅彦长。

十五日:《谈旋涡》,刊于《人间》第一卷第四期,署名:傅彦长。

七月

十日:《谈无法避免的现实》,刊于《创作》(半月刊,苏州创作社编辑、发行)第一号,署名:傅彦长。

八月

二日:《中国文学讲座:王畿与罗汝芳》,刊于《新申报》(日报,日文《大陆新报》的华文版,日本报道部出资创办于上海,日人坂尾与市任社长,《大陆新报》代办发行)副刊《千叶》(张若谷、傅彦长编辑),署名:傅彦长。

九日:《中国文学讲座:管同与其文》,刊于《新申报》副刊《千叶》,署名:傅彦长。(八至十月,在《千叶》副刊,陆续刊出伊苑主人《中国美术讲座》、陈抱一《西洋美术讲座》、张大公《音乐名曲讲座》、静安生《中国现代剧讲座》和陶晶孙《日本文学讲座》专题文章。)

十六日:《中国文学讲座:袁了凡与登记生活》,刊于《新申报》副刊《千叶》,署名:傅彦长。

二十三日:《中国文学讲座:人生的阵容》(上),刊于《新申报》副刊《千叶》,署名:傅彦长。

二十四日:《中国文学讲座:人生的阵容》(下),刊于《新申报》副刊《千叶》,署名:傅彦长。

三十日:《中国文学讲座:扬州与黄山》,刊于《新申报》副刊《千叶》,署名:傅彦长。

九月

六日:《中国文学讲座:从青词说到定性书》,刊于《新申报》副刊《千叶》,署名:傅彦长。

十三日:《中国文学讲座:记王慎中》,刊于《新申报》副刊《千叶》,署名:傅彦长。

十五日:《管同》《王畿与罗汝芳》,刊于《新学生》

第三卷第三期（九月号），署名：傅彦长。

二十日：《中国文学讲座：吴敏树与曾国藩》，刊于《新申报》副刊《千叶》，署名：傅彦长。

二十七日：《中国文学讲座：石室里的老囚犯》，刊于《新申报》副刊《千叶》，署名：傅彦长。

十月

四日：《中国文学讲座：〈甕牖馀谈〉的馀谈》，刊于《新申报》副刊《千叶》，署名：傅彦长。

十日：《书莫读》，刊于《天地》［月刊，冯和仪（苏青）主编、上海天地出版社发行］第一期（创刊号），署名：傅彦长。

十日：《登记与生气》，刊于《楚声》［月刊，汉口楚声月刊社编辑，（汪伪）湖北省政府宣传处发行］第一卷第一期（创刊号），署名：傅彦长。

十二日：《中国文学讲座：典型的饱学之士》，刊于《新申报》副刊《千叶》，署名：傅彦长。

十五日：《论情致》，刊于《文友》第一卷第十一期（第十一号），署名：傅彦长。

十九日：《中国文学讲座：王阳明与其门人》，刊于《新申报》副刊《千叶》，署名：傅彦长。

二十六日：《中国文学讲座：八十岁的老秀才》，刊于《新申报》副刊《千叶》，署名：傅彦长。

十二月

一日：《论情致》，刊于《华文每日》第十一卷第十一期，署名：傅彦长。

一九四四年（民国三十三年　甲申）

一月

一日：《遭遇》，刊于《文友》第二卷第四期（第十六号），署名：傅彦长。

九日：《吃力》，刊于《新申报》副刊《千叶文艺》（周刊，陶晶孙编辑）创刊第一号（期），署名：傅彦长。

十日：《破的与旧的》，刊于《文艺》（月刊，南京文艺社编辑、发行）第一卷第四期，署名：傅彦长。

十五日：《创造与颓废》，刊于《新东方》第九卷第一期，署名：傅彦长。

十六日：《我的职业》，刊于《新申报》副刊《千叶文艺》第二号（期），署名：傅彦长。

三十日：《犹豫》，刊于《新申报》副刊《千叶文艺》第四号（期），署名：傅彦长。

二月

六日：《挂念》，刊于《新申报》副刊《千叶文艺》第五号（期），署名：傅彦长。

十三日：《所思与所感》，刊于《新申报》副刊《千叶文艺》第六号（期），署名：傅彦长。

十五日：《学生与读书》，刊于《新学生》第四卷第二期，署名：傅彦长。

二十日：《从饮食男女谈到生活》，刊于《新申报》副刊《千叶文艺》第七号（期），署名：傅彦长。

二十七日：《流水账》，刊于《新申报》副刊《千叶文艺》第八号（期），署名：傅彦长。

二十九日：《读书与经验》，刊于《新动向》（旬刊、月刊，南京新动向编辑部编辑、发行，后又名《新动向月刊》）第九十四期，署名：傅彦长。

三月

五日：《空气与情绪》，刊于《新申报》副刊《千叶文艺》第九号（期），署名：傅彦长。

十二日：《天天如此的故事》，刊于《新申报》副刊

《千叶文艺》第十号（期），署名：傅彦长。

十五日：《预支的故事》（小说），刊于《一般》第一卷第二期，署名：傅彦长。

十九日：《立了一夜之后》，刊于《新申报》副刊《千叶文艺》第十一号（期），署名：傅彦长。

二十六日：《人欠我与我欠人的》，刊于《新申报》副刊《千叶文艺》第十二号（期），署名：傅彦长。

四月

二日：《吃了红萝卜后》，刊于《新申报》副刊《千叶文艺》第十三号（期），署名：傅彦长。

九日：《另外一个女人》，刊于《新申报》副刊《千叶文艺》第十四号（期），署名：傅彦长。

十六日：《伊格拉斯的飞翼》，刊于《新申报》副刊《千叶文艺》第十五号（期），署名：傅彦长。

二十三日：《花瓶的下文》，刊于《新申报》副刊《千叶文艺》第十六号（期），署名：傅彦长。

本月：《论付账》，刊于《作家季刊》（原为《作家》月刊）第一期，署名：傅彦长。本期《作家季刊》及后续第二期（八月出版）、第三期（十月出版）均另刊苏州作家出版社《作家丛书》出版广告，列有傅氏"杂文集"《石汁》一种。第一期广告称"傅先生为文坛老将，所著文章，含义玄妙，有所谓'天书'之称。本书搜集其最近五六年来之短文若干篇，乃傅先生近年作品之精华，开首有作者自序，说明取名《石汁》之意义，石中取汁，其含义之玄妙可知，即望题目，已足耐人寻味也"，第二期广告称该书"九月份出版"。此书，目前未见著录和实物，疑未出版或发行。

五月

七日：《十天》，刊于《新申报》副刊《千叶文艺》

第十八号（期），署名：傅彦长。

十日：《论生活上的黑暗看相》，刊于《新地丛刊》（刊别不详，上海新地出版社编辑、发行，第二期署：恽伯琴主编）第一期，署名：傅彦长。

十四日：《另外一个地方》，刊于《新申报》副刊《千叶文艺》第十九号（期），署名：傅彦长。

十四日：《雨天》，刊于《大陆画刊》（月刊，日本朝日新闻东京本社编辑、发行）第五卷第五号，署名：傅彦长。

十五日：《自经与自传》，刊于《文友》第三卷第一期（第十七号），署名：傅彦长。

十五日：《谈在纸上的话》，刊于《新东方》第九卷第四、五期，署名：傅彦长。

二十一日：《可以一谈的话》，刊于《新申报》副刊《千叶文艺》第二十号（期），署名：傅彦长。

二十八日：《在街上与床上》，刊于《新申报》副刊《千叶文艺》第二十一号（期），署名：傅彦长。

六月

四日：《山水与文人》，刊于《新申报》副刊《千叶文艺》第二十二号（期），署名：傅彦长。

十一日：《水潭上的针》，刊于《新申报》副刊《千叶文艺》第二十三号（期），署名：傅彦长。

十五日：《论浪子》，刊于《新东方》第九卷第六期，署名：傅彦长。

十八日：《逆流的诱惑》，刊于《新申报》副刊《千叶文艺》第二十四号（期），署名：傅彦长。

七月

六日：《活该的散步》，刊于《新申报》副刊《千叶文艺》第二十六号（期），署名：傅彦长。

十三日：《睡了等天亮吧》，刊于《新申报》副刊

《千叶文艺》第二十七号（期），署名：傅彦长。

二十日：《肿了三天的牙齿》，刊于《新申报》副刊《千叶文艺》第二十八号（期），署名：傅彦长。

二十七日：《沉默者》，刊于《新申报》副刊《千叶文艺》第二十九号（期），署名：傅彦长。

八月

三日：《给人遗忘了也好》，刊于《新申报》副刊《千叶文艺》第三十号（期），署名：傅彦长。

十五日：《谈风俗习惯》《解脱与活动》，刊于《文友》第三卷第七期（第三十一号），署名：傅彦长。

二十四日：《肉麻的笑话》，刊于《新申报》副刊《千叶文艺》第三十三号（期），署名：傅彦长。

三十一日：《抢太阳光的人》，刊于《新申报》副刊《千叶文艺》第三十四号（期），署名：傅彦长。

三十一日：《合作歌》（陈果夫作词、傅彦长谱曲），刊于《四川农业》（月刊，重庆四川中心农事试验场四川农业编辑委员会编辑、发行）第一卷第八号。

九月

七日：《一拳与一脚》，刊于《新申报》副刊《千叶文艺》第三十五号（期），署名：傅彦长。

二十日：［法］法朗士《释迦牟尼》（译作），刊于《妙法轮》（月刊、双月刊，玉佛寺上海佛学院主办，震华主编）第二卷第八、九期合刊，署名：罗汉素。

二十一日：《坐睡吃喝及谈话》，刊于《新申报》副刊《千叶文艺》第三十七号（期），署名：傅彦长。

二十八日：《冤枉舒服及憔悴》，刊于《新申报》副刊《千叶文艺》第三十八号（期），署名：傅彦长。

十月

五日：《剪刀与髭须》，刊于《新申报》副刊《千叶文艺》第三十九号（期），署名：傅彦长。

十日：《论出门》，刊于《光化》（月刊，离石主编，先后由上海五洲书报社、街灯书报社发行）第一年第一期（创刊特大号），署名：傅彦长。

十二日：《人生的修饰》，刊于《新申报》副刊《千叶文艺》第四十号（期），署名：傅彦长。

十四日：《谈长寿》，刊于《沪江日报》，署名：傅彦长。

十九日：《教读者的行脚》，刊于《新申报》副刊《千叶文艺》第四十一号（期），署名：傅彦长。

二十六日：《套鞋》，刊于《新申报》副刊《千叶文艺》第四十二号（期），署名：傅彦长。

本月：《谈苦尽甘来》，刊于《作家季刊》第三期，署名：傅彦长。

十一月

二日：《木石与煤块》，刊于《新申报》副刊《千叶文艺》第四十三号（期），署名：傅彦长。

九日：《点自己的油》，刊于《新申报》副刊《千叶文艺》第四十四号（期），署名：傅彦长。

十八日：《食肉者的公式》，刊于《新申报》副刊《千叶文艺》第四十五号（期），署名：傅彦长。

二十三日：《气象与触觉》，刊于《新申报》副刊《千叶文艺》第四十六号（期），署名：傅彦长。

三十日：《团圆大吉》，刊于《新申报》副刊《千叶文艺》第四十七号（期），署名：傅彦长。

十二月

七日：《静坐下来时》，刊于《新申报》副刊《千叶文艺》第四十八号（期），署名：傅彦长。

十四日：《青天》，刊于《新申报》副刊《千叶文艺》第四十九号（期），署名：傅彦长。

十五日：《文学者大会的感想》，刊于《文友》第四卷第三期（第三十九号），署名：傅彦长。

二十一日：《城门口的形与影》，刊于《新申报》副刊《千叶文艺》第五十号（期），署名：傅彦长。

二十八日：《酒饭的花样》，刊于《新申报》副刊《千叶文艺》第五十一号（期），署名：傅彦长。

本月：《文情与人格》，刊于《新东方》第十卷第五、六期，署名：傅彦长。

一九四五年（民国三十四年　乙酉）

一月

十一日：《迎新送旧之感》，刊于《新申报》副刊《千叶文艺》第五十二号（期），署名：傅彦长。

二十五日：《顶如意的算盘》，刊于《新申报》副刊《千叶文艺》第五十三号（期），署名：傅彦长。

二月

一日：《毕茂世论》，刊于《文艺世纪》（季刊，杨桦、路易士、南星、真原编辑，上海文艺世纪社出版）第一卷第二期（冬季号），署名：傅彦长。

一日：《从历史说起》，刊于《读书杂志》（月刊，南京读书出版社编辑、出版、发行）第一卷第一期（创刊号），署名：傅彦长。

六日：《风箱与牛奶》，刊于《新申报》副刊《千叶文艺》第五十四号（期），署名：傅彦长。

三月

十五日：《京沪道上漫记》，刊于《文友》第四卷第九期（第四十五号），署名：傅彦长。

四月

二十日：《从天何言哉说起》，刊于《光化》第一卷第三期，署名：傅彦长。

五月

一日：《通脱的怠慢》，刊于《文帖》第一卷第二期（五月号），署名：傅彦长。

一日：《谈大学教育》，刊于《读书杂志》第一卷第四期（五月号），署名：傅彦长。

六月

一日：《别人的尾巴》，刊于《文帖》第一卷第三期（六月号），署名：傅彦长。

一日：《悼持平兄》、《爆仗与头彩》，刊于《读书杂志》第一卷第五期，署名：傅彦长。

七月

一日：《形象的下文》，刊于《文帖》第一卷第四期（七月号），署名：傅彦长。

十五日：《黑色的静坐》，刊于《光化》第一卷第五期，署名：傅彦长。

本月：《吞了石头之后》，刊于《大学生》（刊期不定，上海中国大学生学术研究会编辑、发行）第一卷第二期，署名：傅彦长。

八月

十五日：《即你便是之谈》，刊于《光化》第一卷第六期，署名：傅彦长。

附录：傅氏自述与风评掇拾

一方面，我对于西洋音乐有逐渐进一层进一层的兴趣，同时，我对于西洋艺术的其他部分也逐步的加以注意。最后，我居然会对于西洋艺术的全部都表示着甚为满意的尊敬、甚为亲热的爱好了。

在我们中国，生活至少可以分为两种。一种是可以告人的，还有一种是不可以告人的（并且是不必告人的）。每一个艺术家的生活，都是与众不同，感觉到极度的寂寞，当然是不必告人一种了。为什么缘故呢？只因为大多数人所经历过生活，总是平凡的，每一样都是可以告人的。除去了吃饱着暖以及工作之外，每天什么事情都没有，他们对于这一种每天都是如此的平凡，决不会因之而表示着不满。大家天天老样的你告诉我、我告诉你，决不会感觉到疲倦。

在我的眼光之下，西洋人除去了为自己国家有纳税当兵义务之外，每一个人在生活上是比较的多一点自由，就是可以有不必告人的生活。我们中国人在国家组织上尽管是一盘散沙，但是其中也有对于除去了自己一个人之外的责任，在生活上是比较的少一点自由，就是不准你有不可告人的生活。

为了这一层理由，我对于西洋艺术的全部都表示着甚为满意的尊敬、甚为亲热的爱好了。

我在艺术上毫无成就，不过因为我的生活样样都被强迫着可以告人而已，不过因为我也同别的中国人一样，有对于除去了自己一个人之外的责任而已。

（傅彦长《我的艺术经历》摘录）

我的朋友傅彦长君，有许多人说他是个预言家。我却不敢相信，因为我不相信现在的国人能发见预言家，像我不相信我自己能发见预言家一样。

但是，傅君的言论的精辟，却不能不使我们叹服，因为他能指点出人家所指点不出的事情。我们虽不能说他是预言家，至少我们可以称他是一个文明批评家。我们一读他所提倡最力的艺术文化的文章，就可明白。在他的文章里，充满着精力，洋溢着深意，常使文章的词句有包括不下、容纳不下的样子。因为如此，有时，人家容易误解他的真意。但是过了许多时候，读者就会觉悟自己是误解他了。我对于他，以前也当要误解的。我不想多谈傅君的作品，因为作品的鉴赏最忌预定的批评。

（徐蔚南《〈艺术三家言〉序》摘录）

在文体上，《五岛大王》也和市上流行的许多作品不同。他用沉着而又诙谐的文笔在事件的叙述中很轻妙的发挥透彻的别调的议论。这种议论小说，在我国文坛上，虽不算独创，也要算是突兀的体裁了。作者是善于用这类的笔法的，即从作者平日的谈吐中也可以看得出来。发空议论，本来是中国人最擅长而且也是最无聊的，然而我们这位作者所发的别调的议论，却又不和一班人口头上的议论同其典型。

（王世颖《〈五岛大王〉序》摘录）

傅彦长虽可能是上海本地人或附近的准上海人，但却排不上是属于海派文人的队伍。因为傅公的形象、外表上实在不够海。他经常是一件蓝布大褂、一双老布鞋子，一个平顶短头发，还手里常常像大英帝国首相张伯伦那样提着一把破阳伞，实在有点像个普通农民老伯伯，或者庸俗的冬烘村夫子塾师，决不是漂亮风流的洋场才子或恶少；不管他谈吐怎样隽永，言论怎样精妙，表面外观上总与文采风流相违反，是个老实古板、愚鲁不灵光的俗人，给人大智若愚的印象，如果他是一个哲人。

（章克标《傅彦长有江上风》摘录）

正如他自己在《脚底下的梦想》里所说的一样，彦长先生"他是一个沉默的人"。大凡一个人走到生之旅途的中段总是给世故磨炼成一副沉默的风度，这是人情之常。依我看来，彦长先生的"沉默的风度"并不像一班古董货色所常板着的那种道学派头，他的沉默里是有着一份无丝毫做作的和蔼，这鼓舞了我常常喜欢同他谈话的兴致。他谈话的时候，嘴边常是挂着一缕恬静的浅笑，他是湖南人，口音却有点类似京腔。

（吴紫金《关于傅彦长》摘录）

他思想最激烈的暴露，在《五岛大王》一书中，可是五岛大王的销路不佳，于是可以证明了解傅先生的很少。

他的文笔像他的人一样老实，人家有以没有结构为他的病者，在傅先生正无所谓结构，写到那里便是那里，关于这点，在他最近发表的《亲爱的同志》一文里可以见到。

傅先生的交游很广，毋论那一个朋友，都与他有好感，欢喜他的健谈，这是一个天机，我已泄漏在上文里。

他喜欢吃清茶，散步，听音乐，自由布长衫是他常穿的，他现在中公同济教书，他说有钱只想再到国外去。

他的笔名是穆罗茶、包罗多等，对于现代文学的见解，有深切的独到处，这里恕不乱述，且待他自己发表来得妥切些。

（王铁华《傅彦长先生》摘录）

先生为人和蔼可亲，尤喜提携后进。先生谈锋甚健，且博学多闻，所发议论，机警精辟，常有独创之见解，有益于青年不少。先生之才，决非只眼于执教鞭或执笔为文，所能尽展。凡得亲聆其言论者，殆莫不承认其为中国当代一大权威之思想家也。

（汤增敭《傅彦长教授访问记》摘录）

前中国公学教授傅彦长君，寓居南市也是园已数十年。此次闸北发生战事，南市也极恐慌，乃全家赁居跑马厅畔，而南市老屋，则由傅君一人留守，据傅君说：一人镇坐老屋，好似守孤营一般。

（周乐山《抗日战争逸话·傅彦长似守孤营》）

关联本《龙须与蓝图》

民国时期，京派文学新秀萧乾，担任过《大公报》的编辑、记者，一九三九年至一九四六年间，"负笈剑桥"，任教英国伦敦大学东方学院，就读剑桥大学，并兼《大公报》驻英特派员、伦敦办事处主任——风云际会，与英美名士广有交游，仿佛盟国文化的宣介"大使"。二十世纪三十年代末期，英国一些进步人士组织了一个为中国抗战呐喊助威的社团——援华会（China Compaign Committee），萧乾与其主事者过从甚密，应邀"不时地赴英伦三岛大城小镇从事这种义不容辞的宣传工作：一下子是苏格兰北端的阿伯丁，一下子又是南威尔士的矿山；在这里讲讲中国新文艺运动，在那里谈谈滇缅公路"。（萧乾《在洋山洋水面前》）他先后应英国出版界邀约，编著了五本作品，即《苦难时代的蚀刻——中国现代文学鸟瞰》（*Etching of a Tormented Age*，一九四一年）、《中国并非华夏》（*China but not Cathay*，一九四二年）、自著自译小说集《蚕》（*The Spinners of Silk*，一九四四年）、编译文集《千弦琴》

(*A Harp with Thousand Strings*，一九四六年），以及由 The Pilot Press 出版的这本《龙须与蓝图——未来文化反思录》（*The Dragon Beards Versus the Blueprints*，一九四四年）。此外，据特莎·索恩尼利《探索英国出版、寻找英语读者：五位中国作家》一文介绍，他的作品还"被收入战时短篇小说集《心的地图》（*A Map of Hearts*，一九四四），由林赛·德拉蒙德（Lindsay Drummond）出版"，"表明战时萧乾的创作很受重视"，"常常与很多俄国、英国以及其他欧洲国家的伟大作家的作品相提并论，证明人们认可他们写作的价值，绝不仅仅是政治或民族的宣传物"。（《蒋彝和他的文友：旅英华人的艺术创作与社会交往（一九三〇—一九五〇）》，东方出版中心版）

龙，是和中国古代帝王政治密不可分的形象——自十六世纪西方传教士入华以来，经历代层累，不断演绎，变形为民族符号，几乎成为国家的象征。一九四二年年底，萧乾在伦敦华莱士藏画馆发表题为《龙须与蓝图》的主题演讲，就以龙为中国意象，以"龙须"象征中国传统文化，以"蓝图"指代西方工业化文明，基于"为中国辩护"的立场，批评西方对当代中国文化的认识与接纳仍旧是"新闻性的、社会性的、政治性的，还有观光性的"，强调中国在西方冲击下，必须现代化，转而才有条件保住自己的文化遗产，如果只满足于"知道八十种不同的兰花的名字"，却画不出现代化的蓝图，国粹也是没有用的，"没有一定的物质力量，只有被人吞噬下去"——他"委婉地驳斥了那些劝阻中国走向现代化道路的好心人"。追求现代化，并不意味着抛弃传统——"当真正的和平安全有了保证时，希望我们都能回归各自的龙须"。英国著名作家乔

《龙须与蓝图》初版本书封

治·奥威尔当年为《观察家报》写书评，评论萧编英译作品集《千弦琴》，论及中国现代知识分子对机械文明与传统文化的思辨，认为"萧乾先生对此深信不疑，同时他也可以充分地证明，他的同胞们并不满足于物质文明。他们的文化与艺术传统如此根深蒂固，机械文明无法将之摧毁。同时，中国将要屹立于现代世界，她已经不喜欢被西方人告知说：脑后的辫子比头上的钢盔更好看。不过，如果中国可以适度地远离外面世界的干扰，她会安然地回到自己闲适的传统文化中"。——这也呼应了萧乾这篇演讲的旨趣。萧乾那时的挚友爱·摩·福斯特（他们后因误解交恶）那天也去听了，次年五月一日有信给他，夸奖演讲"引人入胜"，却又意味深长地问他："有了蓝图之后还能不能再回到龙须上来呢？过去人类历史上可曾有人找到过这条路子？"（《未带地图的旅人：萧乾回忆录》）。正如英伦《新政治家与民族》杂志的书评所指出的那样——"《龙须与蓝图》一书，也引着西方读者进入反求诸己的平静之路。"（《龙须与蓝图》护封文字）

　　《龙须与蓝图》一书，收录了四篇稿子：《关于机器的反思——兼论英国小说对中国知识分子的影响》（在伦敦中国学会的演讲）、《易卜生在中国——中国人对萧伯纳的困扰》、《龙须与蓝图——为现代中国辩护》（前文）、《文学与大众》（作者在 BBC 工作期间，对印度听众的广播稿）。一九四二年三月十九日，乔治·奥威尔曾写信给萧乾，商请他为 BBC 撰写关于中国文学的演讲稿，谈到设想，他说"我要让我们的听众知道，中国当代文学是多么的生机盎然，通过英语翻译他们是完全可以领略到的"。这一篇《文学与大众》，也许就是这次约稿的结果。

　　《龙须与蓝图》原刊本，手工纸精印，三十二开本，毛边，蓝色漆布面，作者题献给爱·摩·福斯特和阿瑟·魏利，护封与卷首画（frontispiece）都用的是英国木刻名家列翁·恩德乌特（Leon Underwood）特制的一幅主题作品。二十世纪四十年代，萧乾把这幅作品收进了他编选的《英国版画集》（上海晨光出版公司，一九四七年版），称氏为英国版画雕刻界有数的老前辈，他忆起在剑桥王家学院读书的时候，英国友人 Nelson & Kay Illingworth 就曾送他恩德乌特的画装饰书房，临到编《英国版画集》，那画还挂在他"江湾日本式的小平房中"（《英国版画与我们——向中国作家、版画家、出版家们诚恳建议》）。他在书中一共选了恩德乌特的四幅作品，除了《龙须与蓝图》卷首画，另外三幅都是套色木刻，画境与风格似乎模仿了高更。萧乾介绍了恩德乌特的生平，略云："他在皇家艺术学院及 Slade 艺校毕业后，便去荷、德、俄研究。他旅行的地方尤其广：冰岛、加拿大、美国，尤其神秘的墨西哥及非洲最令他倾心。""他在版画之外，雕塑的作品也很多，建筑设计也擅长。战时他对空中摄影还有所发明。然而他还是位小说家，曾著 Siamese Cat，也写诗同游记，和艺术批评（Art For Heaven's Sake）。"这位名字有林下逸气（中国有个左翼木刻家叫刃锋，有一比）的木刻大师长什么样呢？——"灰头发，黄眼珠，瘦而铄矍（矍铄），能够谈个通夜，而充满幽默，是位富中古意味的浪漫人物"。萧乾与他一家子都是有交往的，想来《龙须与蓝图》的卷首画，多半还是萧乾的定制件（书中对他惠供画作深致谢忱）。这一幅卷首画，并非如"金鸡"限量版本那样多为木刻原版拓印，而是按原尺寸另行制版印制的。附带一说的是，恩德乌特有两位"高足"：一位叫修士·斯塔顿（B·Hughes-Stanton），擅刻禽虫，另一位叫裴屈罗·赫米斯（Gertrude Hermes），"独怜幽草"（萧乾

EX
LIBRIS
JOHN
MORRIS

To John Morris

with the best regards

Hsiao Ch'ien

《龙须与蓝图》作者签赠手迹

从她手上买到过绝版图集——*A Florilege*），又都工于人物形象，《英国版画集》选了他们不少作品，他们师徒以及阿尼斯·派克（Agnes Miller Parker）、克莱·雷登（Clare Leighton R. E.）、约翰·法莱（John Farleigh A. R. E.）、罗伯特·吉宾斯（Robert Gibbings，萧乾译作盖平斯，鲁迅译作杰平，金鸡书坊的编辑）等人的"木口雕刻"最有英伦版画的气息，是我喜欢的一路。

　　我得到的这册初版（一九四四年五月版）《龙须与蓝图》，乃萧乾签赠约翰·莫里斯（John G. Morris）者。此公一九一六年生人，美国人，曾任伦敦《生活》杂志的出版商和《女士家庭杂志》照片主编，曾担任著名的玛格兰图片社执行主编，后来成为《美国国家地理》、《华盛顿邮报》、《纽约时报》的图片编辑。《玛格南摄影史：成为摄影师的艺术》的作者克拉拉·布维瑞斯这样介绍他——"在玛格南，他实际上充当的是在市场的期望与摄影师的镜头之间寻找妥协的角色。他的工作在于向摄影师提建议，推进他们的工作并挖掘每篇报道的精华部分。"他在萧乾的赠书上加盖了一方中西合璧的藏书印。可惜的是，这个本子缺了原护封。后来，我又搜得一册带护封的再版本（一九四四年十月版），内页版心与初版一致，而开本略大，固非珠还合浦，亦难"偷梁换柱"，也就"如常"（As usual）不究，不想着去"易容"（Remboîtage）了（再版上所标初版时间为一九四四年七月，与初版本上标注的出版时间一九四四年五月有异，应更接近真实）。这样一本书，因其留下了萧氏英文签署的样式与手泽，又见证了作者与一些域外文士的交往，也算一种有趣的书志学意义上的关联本（Association Copy）。

二〇二三年二月初稿

插画本《奔跑者安娜》

坊间有新书《英国插画书拾珍》发售，书友评价不高，称其仅收录一些童话文学书，范围太窄，名不副实，难称拾珍，而近拾遗云。闲时，取出前不久在沪上阿罢那里买到的英国旧版《奔跑者安娜》鉴赏，那是一册还算珍贵的英国插画本。

这册书是一九三七年由金鸡书坊（The Golden Cockerel Press）出版的，布面精装，书口刷金，手工纸印制，长约十四厘米，阔约二十二厘米，一百一十页。著者乃建筑师 Patrick Miller，就是那本有名的《女体探微》（*Woman in Detail*，一九四七年，金鸡版，塞维林插图）的作者。本书取材于古波斯民间文学，以阿卜杜勒王子的口吻，讲述女奴安娜的传奇故事，我买下主要是当作插画本的佳善标本。书中的六幅木刻插图极美——细腻而不纤弱的刀法，恰如其分的黑白影调，张力十足的动感画面，散发着浓厚的英伦气息。操刀者，乃英国画家克利福德·韦布（Clifford Webb，一八九四—一九七二），毕业于西敏寺艺术学院，是英国木

《奔跑者安娜》插图之一

《奔跑者安娜》插图之二

刻复兴运动的干将之一。一九二九年，鲁迅选编的《近代木刻选集（一）》（朝华社版），开卷就是他的三幅木口作品，《附记》云："惠勃（C. C. Webb）是英国现代著名的艺术家，从一九二二年以来，都在毕明翰（Birmingham）中央学校教授美术。第一幅《高架桥》是圆满的大图画，用一种独创的方法所刻，几乎可以数出他雕刻的笔数来。统观全体，则是精美的发光的白色标记，在一方纯净的黑色地子上。《农家的后园》刀法，也多相同。《金鱼》更可以见惠勃的作风，新近在Studio（《画室》）上，曾大为 George Sheringham 所称许。"

查鲁迅日记，一九三〇年六月十一日，他曾"收英伦金鸡公司所寄 Plato's《Phaedo》一本，为五百本之第六十四本，合中币二十四元"。他推许西洋木刻（尤其是木口木刻）之神韵，每每着眼于两个方面，即"力之美"与"黑白道"（前者是他的原话，后者则是我的概括）：他在《近代木刻选集（二）》的《小引》中，谈到"复刻板画"与"创作板画"的区别后，就说后者"自然也可以逼真，也可以精细，然而这些之外有美，有力；仔细看去，虽在复制的画幅上，总还可以看出一点'有力之美'来。但这'力之美'大约一时未必能和我们的眼睛相宜。流行的装饰画上，现在已经多是削肩的美人，枯瘦的佛子，解散了的构成派绘画了。有精力弥满的作家和观者，才会生出'力'的艺术来。'放笔直干'的图画，恐怕难以生存于颓唐，小巧的社会里的"。一九三五年一月十五日，他在给青年木刻家张影的信中，批评"近来一切青年艺术学徒的普遍情状，还有一层，是流动的往往不及静的……"——这是提倡所谓的"力之美"，而"黑白道"呢？用鲁迅的话讲，则是"木刻究以黑白为正宗"(致李桦信，一九三六年六月十六日），则是"懂得立体的黑色之浓淡关系"，则是"在光耀的黑白相对中有东方的艳丽和精巧的白线底律动"，则是"在有意味的形式里黑白对照的气质"，则是"注意于有趣的在黑底子上的白块，不斤斤于用意的深奥"（以上说法，均见《近代木刻选集（二）》之《附记》）。总之，也就是把握"黑白配列的妙处"。用上面这两个标准来衡量，韦布为《奔跑者安娜》所制木刻插图，可谓力有所逮、技进乎道了。谓予不信，可观其作。

鲁迅说："木刻的图画，原是中国早先就有的东西。"（《〈全国木刻联合展览会专辑〉序》）郑振铎也说："我国版画之兴起，远在世界诸国之先。"（《中国版画史序》）然中国也好，日本也好，欧陆和英伦也好，都有着自己独特的文化传统和版画艺术的黄金时代。"中国历代的石碑刻拓本身便是世界版画史上一个值得大树一笔的贡献。"（萧乾《英国版画与我们》）几度盛极，近代则趋于式微。"光绪末，欧美新型印刷术，流入我国。上海诸画家，若吴友如辈，皆专为石印作画，汇为数十百册，而木刻几废。"（郑振铎语）民国肇建后，随着新文化运动的兴起以及鲁迅、郑振铎等文化巨擘的倡导、推介，始有木刻艺术的复兴活动。然而，对其业绩如何评价，无论是彼时还是当下，也都是见仁见智。鲁迅艺术鉴赏眼力极高，却看重新木刻的大众精神和宣传、教化和普及功效，于其成绩，是嘉勉的，于其方向，则是肯定的——"骤然兴起的木刻，虽然不能说和古文化无关，但绝不是葬中枯骨，换了新装，它乃是作者和社会大众的内心的一致的要求，所以仅有若干青年们的一副铁笔和几块木板，便能发展得如此蓬蓬勃

《奔跑者安娜》插图之三

《奔跑者安娜》插图之四

勃。它所表现的是艺术学徒的热诚，因此也常常是现代
社会的魂魄。"（《〈全国木刻联合展览会专辑〉序》）郑
振铎的评价是："版画之效能，乃别辟一新途。刻家皆
为少年艺人，报国有心，荷戈自效；而版画者乃为宣扬
国力之资物，却敌播功之露布矣。其作风与前修截然不
同，盖已与欧美近代作家合流而远于古艺人之遗型矣。"
（《中国版画史序》）在抗日战争的革命洗礼中，左翼木
刻家们积极投身现实主义的艺术实践，取得了难能可贵
的成绩。但在萧乾看来，中国的新木刻还需追求更深邃
的艺术性，一方面，在取材上应得扩展些，在"饥饿"
"死亡""斗争""行军"这些题材外，"也不妨刻刻"；
另一方面，要重视版画与印刷术的结合，在技法与风格
上追求"雅"，在"粗糙"和"纤细"两个极端之间保
持平衡，保持现代中国版画的"力"（这点与鲁迅提倡
木刻"力之美"是相通的）。因此，中国的新木刻，仍
需要新技巧的借鉴与滋养，新血液的输入，这也就是萧
乾选编《英国版画集》的初衷。

除了对英国版画题材、技法的取法、借鉴，在萧乾
看来，也不能忽视"英国版画及与其密切相关的印刷术
之猛进，昌兴，自辟天地，大部分是由于作家，画家，
出版界的有勇气，有卓见，对版画具宗教的热忱"的艺
术现象。这种"宗教的热忱"，主要体现在像金鸡书坊，
以及他提到的克米斯考德书店（Kelmscott Press）、鸽
子书店（Dove's Press）、莫虚有书店（Nonsuch Press）
等这类"有美癖的"珍本出版商（私家书坊）身上。文
学家、画家、出版家的共同合作（当然还有"有美癖
的"的"书爱家"群体的爱护），造就了英国文学珍本
出版的黄金年代。民国时期，尽管也有鲁迅先生等对西
洋版画的大力推介和新木刻的倡导，但在与文学书籍出

版的融合上，尚有很大的不足，虽然也创制出一些封面精美的书册，但终究拿不出太多一流的插画本，尤其是新文学、新木刻两全其美的插画本。个中缘由，当然复杂：固然有版画艺术创作方面的因素，正如萧乾所说："当代中国版画家哪一位又曾下过一番功夫去研究呢？抛弃了本土的遗产，哪一位又曾试用过西洋的蚀刻，铜刻，或发见什么新技术呢？"更主要的问题，恐怕还是出在出版生态、机制及出版家这一方面，板子不能全打在本土版画艺术家的身上。

二〇二一年三月初稿

法朗士之书

　　甚有名望的民国翻译家、散文家徐霞村在他的《法国文学史》（上海北新书局，一九三〇年七月版）中，称法朗士（Anatole France，一八四四——一九二四）是"现代法国最大的作家"，"对于他，小说不过是表达他的思想的一种特别的论文形式而已。他先以一个怀疑派和唯美派开始他的文学生活，作了《波纳尔之罪》《达伊斯》《友人之书》《红百合》。后来激于Dreyfus（按：德雷福斯）事件，便渐渐变成了一个社会主义者（按：后曾加入法共）"，"在他的作品里，他处处露出一种对于古籍的渊深的研究，一种轻柔而有力的讽刺，和一种巧妙的传达力。他的文字是洁净而且轻快，为现代法国散文不可多得之成就"。金满成说他"一生事极简单：八十年生活完全在平静中过去，却是说无奇可述"，著作成分驳杂，"他不承认世界上有一个真理"，"在文学史上要决定他的位置，实在不是一件容易的事"（《法朗士传》）。他是一个矛盾体，高寿而享大名——"出殡日法国大总统与政府诸人为之执绋。他死后有人解剖他的脑，却是异常的小。他是欧洲文学界一个巨子，法国后起之秀却不以他为然，以为他是一个可厌的老头子。"（伍光建评述）这些说法，大致说明了法朗士在民国文人心目中的一个样子。他的这种矛盾性，在美国文评大家埃德蒙·威尔逊的笔下也有所揭示——这位"毕生怀着小资产阶级对大资产阶级及贵族阶级的怨恨"的历史写作者——"自称是改革家和乐观主义者，却常常陷入愤世嫉俗和忧郁的泥淖，深深怀疑人类生活的机械特性而否定人性的价值"，"徒有满腹才华和智慧，却对人的世界充满疑惧和绝望"；功成名就，却孤独、落寞，同时代的人批判他"妥协、懦弱、传统主义、爱国主义、写实主义以及背叛大革命"（《到芬兰车站》）。

民国时期，对法国文学的译介，法朗士算是一个大宗了，引入的历史是一个有趣的话题。据学者金丝燕《论法国文学在中国的接受（一八九九——一九四九）》一文，现代中国对法国文学的接受可分为两个阶段：第一阶段是一八九九年至一九一六年，第二阶段是一九一七年至一九四九年。第一阶段，作品中译最多的作家是雨果、大仲马和巴尔扎克等；第二阶段，则主要是巴尔扎克、勒勃朗、莫泊桑、左拉、莫里哀、罗曼·罗兰、法朗士等几位（见钱林森、克里斯蒂昂·莫尔威斯凯主编《二十世纪法国文学与中国》）。我统计了一下民国时期法朗士中译的大小作品，林林总总，也在二十五六种以上，超过了福楼拜，时段主要集中在一九二三年之后，以其获诺奖肇端。主要的译者，除了"我国从法语原文翻译法国小说的第一人"——李青崖（一八八六——一九六九），还包括伍光建、顾仲彝、马宗融、徐蔚南、沈性仁、赵少侯、穆木天、鲍文蔚、胡仲持、高六珈、金满成、曾仲鸣、杜衡、施蛰存、王家骧、李玄伯、黎烈文等，不乏名家——虽然不一定都高明。茅盾曾说："我们翻译一件作品除主观的强烈爱好心之外，是否还有一个'适合一般人需要'，'足救时弊'等等观念做动机？"（《介绍外国文学作品的目的》）当年，法朗士作品的译介热，不单是一种文坛现象，也是不乏文学功利主义驱使的传播西方进步政治、思想文化的一种社会现象。说到法朗士的中译旧本，我没有刻意搜求，却也藏有几种——李青崖所译《波纳尔之罪》和《艺林外史》（均为文学研究会丛书，商务版，后一种的书封上，标列了原名——《瘦貌馆》），杜衡的译本《黛丝》（开明书店，一九二八年版），王家骥的译本《泰绮思》（启明书局，一九四六年版，封面用的是法国画家凯亥勒的木口版画，曾被鲁迅收进《近代木刻选集（二）》）等。

鲁迅对法朗士的这部作品很熟悉，他的藏书中就有《泰绮丝》（民国时期的译名，包括黛丝、黛斯、泰绮思、达旖丝等）的两种英译本。一九二七年十一月十四日，鲁迅在给江绍原的信中称赞"《达旖丝》，实是一部好书"，"倘译成中文，当有读者，且不至于白读也。半农译法国小说，似有择其短者而译之之趋势。我以为不大好"。那一年，北京北新书局刚出版了刘半农辑译的《法国短篇小说集（第一册）》，译了伏尔泰、雨果、福楼拜和左拉，偏偏没有法朗士。不过，商务版的《近代法国小说集》（东方文库本）、开明版的《法国名家小说集》（徐蔚南译）以及北新版的《法国名家小说杰作集》（鲍文蔚译），无一例外，都选收了法朗士的作品。鲁迅晚年在名文《"京派"和"海派"》中，用了不少篇幅借"亚历山大府的名妓泰绮思"说事，又解释"取其事迹，并非处心积虑，要用妓女来比海派的文人"云云。

文中提到当时国内已有两种译本，注文称，一个是杜衡的译本，另一个则是徐蔚南的译本《女优泰绮思》（世界书局，一九二九年版）。

周作人的西书收藏中，法朗士也是重头。据周运《知堂藏书聚散考》（《乘雁集》，上海文艺版），目前能查考到法朗士作品及研究的英译（文）本就有十来种，如《企鹅岛》、《泰绮丝》、《友人之书》、《蜜蜂》、《克利奥》、《拉伯雷》、《文学与生活》等，不少都邮购自日本的丸善书店。他在一九二四年九月一日发表的《科学小说：沿沟通信（三）》一文中说："阿那多尔·法兰西（Anatole France）是一个文人……《我的朋友的书》是他早年的杰作，第二篇《苏珊之卷》里有一篇《与D夫人书》，发表他的许多聪明公正的见解。"

鲁迅的冤家叶灵凤，虽然"厌恶"法朗士"对于历史和考古知识的卖弄，以及一大套近于玄学的幽默"，但又"贪婪"地读过所能买到的他的大部分小说，可谓爱恨交加——对法朗士的几篇代表作《仇台太守》、《红百合》、《黛斯》，叶氏多少有所保留，最爱读的却又是"法朗士最卖弄他的博学的一部著作"——《波纳尔之罪》，理由是"他在别的著作中发泄的'书卷气'，在这部小说中却十分调和，反而增加它的可爱了"（《读书随笔·法朗士的小说》）。

二十世纪四十年代，民国老书蠹周越然写过一篇《帽不离头的文豪》，专谈法朗士，引用了不少有趣的材料，包括法朗士的秘书白乐生（今译白罗松）写的那册《法朗士私记》。文章很风趣，笔调诙谐，首节说他"不论炎夏或者严冬，不论白天或者夜间，不论家居或者旅行，他的头上总有一个帽子，不是呢制的睡帽（Nightcap），定是绒制的头巾（Skullcap）"（见周著拙编《文史杂录》）。白罗松之书，早记法朗士破帽遮颜、华盖不求的豪言："总之，这个法兰西学士院，这个大作家的名声，不妨说这顶王冠，允许我在任何时候、任何场合，戴我那顶灰色旧毡帽。"（据海豚版施康强译本）

民国年间，对法朗士比较正式的评论，较早的有商务出版的《小说月报》丛刊本《法朗士传》，内收陈小航的同题文和《勃兰特的法朗士论》，以及沈雁冰的《法朗士逝矣》等，这本传记与同为商务版的《法朗士集》，都是在法朗士去世不久出版的。

晚近些的法朗士译本，我有常见的上海译文版的《诸神渴了》（萧甘、郝运五十年代初期译本的重刊本）、《企鹅岛》（一九八一年出版）等，却又独缺"网格本"的《法朗士小说选》。最近，听说上海草鹭书坊正在策划出版《波纳尔之罪》（郝运译）的典藏插图新译本，宣称此书的中译甚稀见，并不确切，我的书架上有郑州大学出版社出版的一套《李青崖译文集》，《波纳尔之罪》旧译本就赫然在列。

去年，我买过一册《小友记》（人文社，陈燕萍译），最近抽空把它读了。此书即徐霞村书中所称《友人之书》，周作人提到的《我的朋友的书》，民国时就已有北新书局（一九二六年十二月）出版的金满成的译本。此书大有自传色彩，最可体现法朗士的个人风格。读陈译，作者写到他的奶奶——诺齐埃（当杰夫人），在法国大革命时期，曾在自己床上机智掩护过被国民卫队士兵追捕的"歹徒"阿尔熙德的情节，似曾相识。后来想起来，在法国大导演侯麦晚年（好像是两千年）编导的《公爵与贵妇》一片中，即有困在巴黎的苏格兰贵妇格蕾斯·艾略特，在闺房香巢掩护被兵士搜捕的朋友的精彩桥段，即似承袭了法朗士，不过也有可能——法朗士、侯麦，他俩都是另有历史取材的，也未可知。记在这里，聊以备忘。关于这一段，书中写了惊魂甫定的诺齐埃说的一段话，陈燕萍的译文如下：

> "阿尔熙德先生，"我奶奶接着说，"您可把我吓到了！我听不到您的声音，还以为您死了呢，一想到我躺在一个死人上面，我无数次要昏过去。阿尔熙德先生，您对我可不够意思。没有死就该吭一声，真见鬼！把我吓成这样，我永远都不会原谅您。"

再对照一下近百年前金满城的译文：

> 我的祖母接着说："阿尔西特先生，你真把我骇死了！我完全听不见你的声音，我以为你死了；一想到睡在一个死人上面，我几乎要发昏了。阿尔西特先生，你不很明白我的意思。苍天呀！一个人假如没有死，就应当说话！我将永久不能恕却你这时给我的恐怖。"

陈译的语言风格，比较适合当代人一般的阅读口味，金译除了用了一个疑似自创的"恕却"有些生硬外，文风朴素，虽然是早期白话，今天也还是可以读下去的。

法国文学专家施康强三十年前曾在《读书》杂志上发表过一篇散论《译本的"行"否及其文体》，谈到外国文学译本流播的一个特点，就是译本的"行"与"不行"，"不尽取决于原著的价值与译文的质量。一般讲，外国名著的最早译本总能风行一时。读者'惊艳'，吸引他的是原著的故事、结构、人物、寓意等等，对于译文是否曲尽其妙，他一时不予计较"。他就举了李青崖翻译莫泊桑作品的例子，说他的译本虽流"行"了几十年，自有其历史原因，但受时代的影响，他的译文在文体上与原文相隔，不够流畅，有"翻译腔"和"新文艺腔"，并不是成熟的白话文。不过，著名翻译家郭宏安在为新版《李青崖译文集》所写《导读》中，并不完全赞同施文关于李青崖译著特点的说法——问题并不简单，让专家们去解决。

说到法朗士作品的民国旧译，由于时代变迁、现代汉语演变及读者阅读口味变化等因素，译界先驱李青崖翻译的《波纳尔之罪》，在被人淡忘后又重光了，而伍光建选译的《红百合花》（商务印书馆，一九三六年一月初版）还是显旧了，但像《友人之书》（金满成译，现代书局一九二六年十二月版）、《乐园之花》（顾仲彝译，真美善书店一九二九年九月版）等一些现在还能读读的"不行"有年的译本，希望也还能有再版再"行"的机会。

法朗士"仅仅为了装订，书名页和一道小花饰"去淘旧书（《法朗士私记·旧书的救赎》）。我收藏民国版的几卷法朗士译本，当初不也是冲着那别致的封面？沪上阿罡的好货原不好抢，而那卷一九三三年美国三塞壬初版、私人订制摩洛哥半皮装本（half bound）的左拉《娜娜》（Nana）英译本，却也一眼相中给捡了，不为刷金的书口，不为烫金的竹脊，却只为三十幅梅耶的影绘插画与中国传统剪纸异曲同工（巧的是，阿罡那里前几年买的那册英伦书装大师瑞吉斯影绘插图的《野史集》，也是一九三三年版的，画风何其似）。《娜娜》在波兰斯基导演的德雷福斯案件大片《我控诉》中也露过脸。法朗士与左拉素不睦，对他小说（如《土地》《崩溃》等）的批评毫不留情，近乎辱骂，却在德案中站在了同一个阵营，传为佳话，可惜片子里少了这节——本来是说法朗士的书，结果扯到左拉的书，跑题了，就此"带住"。

作于二〇二一年三月间

《乱弹集》试译

去年某日，我见到沪上阿罡兄微店有售谐趣诗集——沃尔特·德·拉·梅尔（Walter de la Mare）著《胡言乱语》（*Stuff & Nonsense*）（也可译作《乱弹集》或《扯淡篇》），系木刻插图本，Constable 出版社一九二七年出版，墨绿布面、精装、毛边本，书口刷金，小三十二开本，一百一十页，小诗六十首，配 Bold 木刻插图四十二幅。诗人的名字像个法国人，生于一八七三年，卒于一九五六年。英国诗人、小说家，著有《诗集》（一九二〇，一九三五，一九四二）、《取火凸镜》（一九四五），以及两首抒写幻念的长诗《带翅翼的马车》（一九五一）和《行者》（一九五六）等。在此期间，发表了大量供儿童阅读、极具特色的诗歌、小说和散文，最为人称道的是《三只穆拉·穆伽猴》（后改为《圣猴》）、《杏仁树》（一九二三）、《扫帚人》（一九二五）、《鱼王》（一九三三）以及《稻草人》（一九四五）。德·拉·梅尔的诗精致细腻，技巧娴熟，形式工整而多变，受到艾略特、奥登等人推崇。奥登曾为德·拉·梅

尔的诗选写过导言，提到他有一些诗是写给自己幻想
中的儿童读者的，他的诗集中有一册专门是儿童诗。
"德·拉·梅尔无与伦比的儿童诗揭示了英语这门语言
的奇妙之处。他的诗，喜欢表现工业化前的英格兰乡
村，但并不全是美好的一面，"最美的对象也许会隐藏
着既不美丽也不友好的东西"（奥登《序跋集》，上海
译文社版）。路易斯·吉尼斯在他所编选的《荒诞诗
集》（《人人丛书·儿童经典》版）的引言中则说："试
图解释'无厘头诗'本身是荒谬的，这些作品无需多
言便能自我表达，却又难以定义。……它抗拒被正视，
却因其不羁的魅力令人着迷。"说到英国的谐趣诗，记
得吕叔湘以前曾为文介绍过一个诗人李尔（Edward
Lear），一八一二年生人，一八八八年卒，以写
nonsense poem 知名，应该也是梅尔的前辈了，国中曾
有陆谷孙的谐趣诗译本《胡诌诗集》（海豚版）。译者
谈到李尔与后来的现代主义的"瓜葛"——"所谓
nonsense（胡诌，无意义），往深里想去，其实就是一
个变形人间的 good sense（常识，正常意义）。在荒诞
与常识之间打上一个等号，是多少现代派到后现代文
学作品的主题？只不过李尔是采用诉诸视觉的夸张式
表达，先走一步而已……"

顺丰真快，头天下单，次日就收到了。当晚挑出两
首，试着译出个大意。大意者，乃大致达意也。脚韵等
不能全对应，略见其风趣耳。

DEAR SIR

> There was an old Rabbi of Ur;
> He loved a Miss Beaulieu.
> She sent him a letter："Dear Sir..."

Then a stone-cold "Yours truly."
Now what she could mean
By the dots in between
Is not plain to be seen.
We can but infer the Rabbi of Ur
Enquired of Miss Beaulieu.

阁下

乌镇有一位老拉比，
心上的小娘叫碧丽。
她来信头里挺恭敬，
临了感觉却冷冰冰。
那么她会有啥心意？
想说没说的那点事，
要说他呢也弄不清。
咱家就猜这老拉比，
一准儿要问那碧丽。

THE TULIP

THERE was an old Begum of Frome,
There was an old Yogi of Leicester;
She sent him a tulip in bloom,
He rolled his black eyes and he blessed her.
How replete with delight
Is a flower to the sight!
It brightens the day and it sweetens the night.
Oh! If all the old ladies grew tulips in Frorm,
How happy the Yogis in Leicester!

郁金香

> 费姆郡住着一位老名媛，
> 送一束郁金香到莱特城。
> 那老修士高兴得眼打转，
> 忙把祝福回赠了献花人。
> 日头高，花为媒，夜来香……
> 噫！费姆郡娘子都动起来，
> 岂不让莱城爷们全乐坏？

二〇一八年三月六日初稿，二〇二五年一月十七日定稿。

泽蒂与妮可——戴德的藏书票

壬寅中秋，阿罡书房有书赏雅议。我因为喜欢收集民国出版物及新文学刊本，也就连带关注西洋及东瀛书籍艺术对彼时文学生态的影响，便也起步很晚地寻访一些书物样本和品种，这中间也包括了藏书票（bookplate）。但愧为门外，所得仅只比较普通的货色，晒无可晒，赏无可赏。为不拂意，就凑趣说了一点与藏书票有关的事情。

我收集藏书票实物，也就是这几年。但很早之前，读唐弢的《晦庵书话》，对他那段关于藏书票的介绍，记忆深刻——"就象中国的藏书印一样，西洋藏书家又别有一种玩意儿，这就是藏书票。藏书票的式样很多，方、圆、三角、椭圆的都有。最普通的是长方形，阔约二时，高约三时，有单色，有多色，图案变化，各具巧思，而以书、人体、动物和文学故事为最多。有时也画上藏者的门阀、身份和好癖。大抵线装书纸质柔润，便于钤印，洋纸厚硬，也就以加贴藏书票为宜。"（文见《藏书票》）他是很能欣赏这种书物艺术的，但似乎趣味偏于"古典"，对后来兴起的风月书票并不待见，甚至指斥为"构图淫乱"。

近年来，读过一时风行的吴兴文、子安等玩家关于藏书票的普及、鉴赏读物，有所获益。与沪上阿罡，也多有交流，最早也是在他手上购过一些精品，值得纪念。话是这么讲，但我占（暂）有的第一枚书票，却是无意间所获。埃利斯等所编《坐拥书城》，专辟一章——《闲话藏书票》，题图用了一个"大导演马戈·穆侯兰德（Margo Muiholland）收藏的藏书票精品"，看着眼熟——原来我也藏（存）此票：二十年前，为搜集塞西尔·比顿（Cecil Beaton）的照片书籍，曾购得一册以他摄影作品插图的《直面中国》（拉特布瑞著，一九四五年初版），而此书乃是好莱坞导演乔治·库克（以女性题材著称，导演代表作，即著名的《乱世佳人》）的藏本。前衬上，正贴有 Paul Landacre 为库克所制的这一款书票。

起意并着手收集西洋藏书票后，阿罡陆续推荐了一些质优价廉的货品，比如欧陆早期的一些出品，也有一些相对价昂的名家之作——芬格斯坦、赛维林、莫里佐，等等。值得一提的是，以善价承让了他一册意大利版画大师、尤擅长以木口木刻表现所谓月光效应的泽蒂（Italo Zetti，一九一三—一九七八）的书票集，乃丹麦 Arete 出版社一九五一年的限量版（五十之十六），手工纸，毛边本，收插女性题材藏书票十一枚（票主为 G·Balbi），另以原版拓印一件作品于标题页。虽缺原函套，但品相已臻上乘，难能可贵。泽蒂与他的老师布拉曼蒂（Bramanti）及马兰格尼（Marangoni），并称意国木版画三杰，他的作品，具有鲜明的个人风格，多为竖式构图，每有装饰性或素式边框，刻画月光下的浪漫图景，

妮可-戴德所作藏书票之一

Exlibris ANITA THYS

妮可-戴德所作藏书票之二

一轮新月与纤细少女常作高光处理，线条细密、干净。马克·赛维林（Mark F. Severin）和安东尼·里德合著的《木刻藏书票》（*Engraved Bookplates: European Ex Librs 1950—1970*）一书，说他和老师布拉曼蒂一样，喜欢取材意大利黄杨木，他的作品不像老师那样冷峻，却充满活力，风月题材更是出色当行云云。吴兴文在他的《我的藏书票世界》（广西师大版）中，介绍过一款泽蒂作品，票主为 Thor Skulleruo，"画面的中央，在月牙儿的疏影下，有一位豆蔻年华的妙龄女子，苍白的脸部，折射出幽怨的表情，似鬼非人。"——竟让作者感受到"料应厌作人间语，爱听秋坟鬼唱诗"的聊斋气息。我却从这种貌似阴冷的基调中，体会到夜色的清幽与美色的宁静所混合而成的和谐之美，也可以欣赏到黑白木刻技法本身的魅力。与泽蒂刻画的女性形体相比，比利时几位著名的风月书票艺术家中，赛维林的铜版画作就稍显纤弱轻飘，而戴莫、高登等人的木版画作则失之粗犷张扬，在我心目中都不如泽蒂，以及吉尔（Eric Gill）。我后来陆陆续续又收集了不少泽蒂的作品，比如意大利著名设计师克拉多·米兰塔向他定制的一套九款的限量书票集，却是横式构图，非常精彩，这里就不多说了。

记不清楚了，有一次在阿罡那里买西书，还是买我偏爱的前苏著名版画家 A·Kalashnikov（卡拉什尼科夫，一九三〇—二〇〇七）制作的数款立体主义风格的木口木刻（黑白、套色）书票，他送我一款定制的自用书票，作者是法国著名风月版画家帕特里莎·妮科-戴德（Patricia Nik-Dad）。结果是一见倾心，发愿收集她的作品。这几年，通过各种途径，陆续集得近八十多款，多为黑白版，也有少部分手工填色版。与她也有交往的子

泽蒂所作藏书票

安的《藏书票札记》介绍，妮氏的画风深受大画家巴尔蒂斯的熏陶和影响，在书票界独树一帜，深以为然。后来买到一册限量版（五十册）的她的藏书票图册（英、法、德文本），撰文者为 Luc van den Briele，收录了她二〇〇一年前创作的书票图影六十一款，并有详细的著录和作品分析，是研究她早期作品的重要参考。书中著录者，我对照了一下，已集得十来款（含未着色者）。

据这本画册的前言介绍：妮氏于一九五一年出生在法国凡尔赛附近的小镇克罗斯（Croissy），父亲是一位出生于波斯的退休外科医生，母亲则是科西嘉人。十岁前，她一直生活在布尔日（Bourges）以南的贝里（Berry），这个地方靠近她非常景仰的女作家乔治·桑的家乡。早年喜欢美术，也嗜好文学和历史，最终选择以艺术为事业追求。十七岁的时候，她进入鲁德勒学院（Roeder Academy）学艺。后入巴黎国立高等美术学院（国立视觉艺术高等学校），开始接触版画艺术，后又转习油画，涉猎雕塑。她钦佩佛兰芒原始画派和意大利文艺复兴时期的艺术家（如皮耶罗·德拉·弗朗切斯卡、安德列亚·曼特尼亚、马萨乔）以及十八世纪的安东尼·华多、弗朗索瓦·布歇的作品，对古代印度和波斯艺术也情有独钟。一九七八年，妮氏获得法国艺术学院文凭，以油画作品参加各种展览。一九八五年她的版画愿景又苏醒了，这种艺术形式为她提供了更多的创作前景。在一家私人工作室，她开始钻研凹版印刷技术，并发现水彩画是版刻技法的必要补充，广撷博采，蚀刻和飞尘法的结合（the combination of etching and aquatints），助益她实现理想中的艺术效果。她在一九九一年制作了第一款藏书票，票主就是一位藏书家。一年后，她首次参加了国际藏书票比赛。

在贝尔格莱德举办的一次藏书票比赛中，她创作的一款少女与猫题材的藏书票，被英国收藏家格雷厄姆·里德（Graham Read）关注，并拿到了他的订单。一年后，里德的好友戈登·史密斯（Gordon P. Smith）也向她订制了三款书票。她还曾受托为欧洲一些著名藏书家，如沃尔夫冈·伯格曼（Wolfgang Burgmer）、沃特·梅勒曼斯（Wout Meulemans）等制作书票，他们都是风月题材的拥趸。书中提到的这款少女与猫题材的藏书票，我是有的——尺幅既小，不可谓不精致，而尺度不大，却别有风月之外的意蕴。且拟卞之琳《断章》之体，戏作"跋语"，并送给阿罡兄——

你坐在灯下看风月，
看风月者在纸上画你。

典册装饰了你的房间，
你装饰了书蠹的梦。

二〇一八年三月八日初稿，二〇二五年一月十七日定稿。

竹久梦二与蕗谷虹儿

竹久梦二，乃日本明治、大正年间的画家、书籍设计家、诗人。其生卒年份（一八八四——一九三六），与鲁迅几乎重合（一八八——一九三四），阳寿亦相当。时，竹久梦二享大名，止庵称，后来的高畠华宵、蕗谷虹儿、岩田专太郎和中原淳一等，虽都受到他影响，但在表现美的同时，表现人生的况味则不及之。梦二对中国现代文学和艺术极有影响。不过，奇怪的是，现在还没有直接的证据能证明鲁迅对他有所了解和推崇。陈子善在《竹久梦二的中国之旅》（《竹久梦二画与诗》前言）一文中，推测他是了解的，他引用了一个间接证据，即丰子恺之女丰一吟在《潇洒风神——我的父亲丰子恺》一书中，根据他父亲的文章，重述了鲁迅回应丰子恺自述的对竹久梦二、蕗谷虹儿画风的欣赏，"表示同感"。止庵则在《鲁迅与蕗谷虹儿》一文中，对其真实性存疑。与未见鲁迅曾接触梦二作品或提及梦二形成强烈反差的是，周作人早在一九二三年即已撰文，称："竹久梦二画的《歌咏儿童的文学》，在一九一〇年出版，摆在书架上已经有十年以上了，近日取出翻阅，觉得仍有新鲜的趣味。"陈子善认为，这是现在所能见到的中国作家对竹久梦二画的最初评价。周作人的经典评论很多，如"梦二所作除去了讽刺的意味，保留着飘逸的笔致，又特别加上艳冶的情调，所以自成一路，那种大眼睛软腰支的少女恐怕至今还蛊惑住许多人心"云云。而丰子恺漫画所受梦二影响，则更是不用多说。近年我收集过一些与梦二有关的图册、书籍，如日文版的木村毅《竹久梦二》传记（昭和五十年版）、《梦二图案集》（梦二会编，昭和三十三年版）以及印制比较讲究的《行人画帖》（泽田伊四郎编，龙星阁，昭和四十五年即一九七〇年版，十六开，羊皮面，麻布函套并二重函特装，限量六三〇册之第三八四番），国内翻印的《出帆》译本、大小画册等。难得见到有书商发售《梦二画谱》〔河村幸次郎编，龙星阁于昭和二十九年（一九五四年）八月二十五日印制的爱藏版，限量一百五十册之第五十八番，价一千五百日元〕，遂收之。是集，长十九厘米、阔十三厘米，红色皮装，面底烫金粉图案，方脊，书口刷金，米色麻布函盒，另有纸匣，品相九品。铜版纸精印整幅彩画九帧，正反印单色画十四帧，另普通纸正反印单色画三十一帧，合计五十四帧。后附永见德太郎、河村幸次郎介绍文，并《梦二略历》。也算是比较好的梦二选本了。查止庵《游日记》，多记在日本购梦二书籍、版画之事，未见及此。而在他和小川利康合编的《周作人致松枝茂夫手札》（周晚年常托松枝茂夫购食品、药品和书籍）（广西师大版）中，倒是有涉及梦二画本事，一九五六年七月七日（卢沟桥事变十九周年日），周有信致松枝茂夫，中云："两三年前见书目上有'梦二画集'出板（龙星阁发行，价四百五十日元），不知现今尚可得否？便中乞费心一问。在东京留学时初见梦二画集《春之卷》，至今尚不免留恋，亦可笑也。"当年十一月十五日，周又有信致松枝，告以"梦二等亦已收到矣"，可知后者已为他买到了这本《梦二画集》。周买下的这本《梦二画集》，虽亦龙星阁出品，时间也对得上，但价格仅及前述"爱藏本"之一半，想来是另一种简本。老年周作人，置"戒之在得"于不顾，仍系念梦二画本，可证其此生不渝而沉浸之深也。

我之关注日本画家蕗谷虹儿很晚，且也是因年少时朝拜似地参观上海大陆新村鲁迅故居，在那儿以贱价买到鲁迅所编《艺苑朝华》第一期五辑各国美术选集的高仿本，那是一九八一年为纪念鲁迅百年诞辰而特制的，其中即有一册《蕗谷虹儿画选》。当时，印得既不多——八百五十册，编号发行，卖得也不贵——全套几十块而已（现在价格又不菲了）。鲁迅不但选画，还译了他的诗（旧版《鲁迅全集》之译文卷似失收）。虹儿的影响，在日本国远不及竹久梦二，却因其特殊风格及鲁迅等绍介，在中国有不少追捧者（许闻天即算一个）。鲁迅评价，他的画"是用幽婉之笔，来调和了 Beardsley（比亚兹莱）的锋芒，这尤合中国现代青年的心，所以他的摹仿就至今不绝"。由沪上阿罡割让给我的这一册《虹儿的画集》，是昭和四十六年（一九七一）日本大门出版美术出版部（大门健主持）发行的限量版（一千部），编号六五三，长三十厘米，阔二十一点五厘米，父妻匣，"朱赤"漆布面，收手工上色彩画（原作）一叶，虹儿签名，加钤名章；加藤版画研究所拓印虹儿版画（原作）二叶，另钤虹儿名章；贴纸彩印画二十八幅；铜版纸精印彩画十八幅。另附虹儿自述、有岛生马文、向井润吉文、虹儿诗选（九首，其中一首《病在野间的小鸟》，鲁选画集收其译文)、虹儿年谱。虹儿寿长，能亲理装帧，且为留下印蜕手泽，固藏家之幸，亦其人生乐事。鲁迅当年复印虹儿画，算很讲究了，他颇为自豪地在《小引》中称，选画"大约都是可显现他的特色之作，虽然中国的复制，不能高明，然而究竟可以窥见他的真面目了"。但今人真要领会、欣赏其妙处，是无法和这册画家主理的集子相比的。[据止庵《游日记》，他在二〇一一年九月的东京之旅中，除购到讲谈社一九七四年版的《蕗谷虹儿抒情画大集》(限定八百本，含画家肉笔彩画一幅)、蕗谷虹儿诗画集《银之吹雪》复刻本之外，亦购下了大门版的这部《虹儿的画集》，他那一部的编号是一〇八。]当然，今天没有理由或资格去评说当年鲁选画集的"寒酸"，而应庆幸自己享有的"后福"。

二〇一九年九月三十日作

埃科小照

意大利大作家翁贝托·埃科（Umbert Eco），他最有名的文学作品大概是那部小说——《玫瑰的名字》。关于他本人名字的由来，在碧站上看到一部纪录片《我的一生》。其中，有他的"夫子自道"："我的姓氏的来源，非常清楚，是从我祖父、父亲那边传来的。当时，是由市政府的职员负责命名的。他们偶尔会有一些虐待倾向——现在何尝不是如此——给孩子起一些很难听的名字（按：类如中国人取名，叫阿猫、阿狗之类），让人一眼就能看出是捡来的孩子。那位职员给先人取的名字是 Eco，我一直也闹不明白，这好像是一个仙女的名字，一个政府的职员怎么会这么有文化、有诗意？后来，我的一个同事，在梵蒂冈的图书馆里，发现了一个古本，上面有耶稣会士列出的一个姓名表格：其中的一个名字，就是 Eco，原来是源于 Ex caelis oblatus——'上天赐与'的意思。所以，我的名字不赖啊，它来自天上，而不是地狱。"

说到埃科名字的"天赐"故事，想起我手边就有一

埃科小照，丹·汉森摄

件与此有点关联的纸品：上海阿罡的微店里，挂售他的两张原版艺术小照，由摄影家丹·汉森（Dan Hasson）拍摄于一九八六年左右，是瑞典 SVD 新闻图片社的留档底稿。我看中了其中的一张，拍的是他盘腿坐在弧形楼梯上的样子，暗合我对他神韵、气质的想象，购下了。读埃科的散文杂论集《帕佩·撒旦·阿莱佩》，中有《最新消息》一篇，文云："要写对一个外语名字当然很难，我有一个德国同事，跟我很熟悉，最近他给我写邮件，邀请我参加一个活动，他把我的名字写成了'Umberto Ecco'（多写了一个 c）。"巧的是，我买下的这幅照片的背面，也就有也许是摄影家本人标注的这老头的名字——Ecco，竟然也是两个 c！连埃科原来都弄不清楚的缩略语词，更别说是"外国人"了。顺带一说，Eco 的中译，其实也不止一个，多用"埃科"（如上译版），也有用"艾柯"（译林、广西师大版），这与一个 c 还是两个 c，没有关系了。

从埃科的名字，说到了他的小照，又可以联索到他自己的言说上去。埃科曾为文慨叹"如今，专门给作家、哲学家、记者等名人拍照成了一种时髦的职业"——他的这张照片，自然也是这种"时髦的职业"成果——又说"有一些肖像照看似'真实'，但只有当你见到主人公本人时，才会明白它们是多么具有欺骗性。"（《拍名人照片，有必要吗》，收入《密涅瓦火柴盒》，上海译文出版社译本）埃科已逝，他的这张盘腿小照，有没有欺骗性，对我来讲已是没有追问的"必要"。

二〇二二年三月十二日作

嫌贫爱富

"自来言法者，不尚人治；然苟无人治，亦徒法不行。"（杨荫杭《释法》语）西谚有云："Lawyers are men who hire out their words and anger。"人治之一端，有赖律师之应对辩论服务。不过，律师的"付出"是有选择和代价的，所谓 rich picking 者也，菲尔·哈里斯《法律导论》称："归根结底，考虑到法律职业的焦点通常集中于对财产的管理和保护，那么法律职业中商事类与'财产'类的工作独具魅力，也是可以理解的。因此，这一现象的成因主要在于法律本身重视中产阶层与中等偏上阶层的问题，并不惜以穷人的利益为代价，而非律师有意如此……"（牛津通识读本《法律》，译林出版社版）。这绕口的漂亮话，又呼应了另外一句丹麦的法谚——Justice oft leans to the side where the purse hangs（"正义之秤倾向有财之人"，引自日人穗积陈重《法窗夜话》）。

异性人名

沈家本《日南随笔》谓：赵翼《陔馀丛考》"所辑男人女名、女人男名甚夥"，并补其遗漏者，若金娄室子名活女，乃男人女名，若清顺帝乳母王男，乃女人男名，皆见诸史传云。按：民国时期，湖北汉阳人萧树烈，改名楚女，后以此名行，彪炳中共党史与青运史，乃男人女名。男性作家马宁，曾署笔名女言，茅盾、赵景深、孙席珍的笔名，则分别是冯虚女士、露明女士、织云女士。女子以男命名者，郑逸梅《艺林散叶》曾提到吴若男，而女作家谢冰心，抗战时期（一九四一年）在重庆《星期评论》周刊上发表《关于女人》系列文章，署名男士，亦属女人男名者。

吊儿郎当

中共老干部李一氓咏意国名指挥家格瓦泽尼，诗云："歌声琴韵两低回，老将登坛肆指挥。吊儿郎当都不见，一凭天籁夺神飞。"［《击楫集·为"小意大利"而发的议论及其他（八首）》，北京三联版。］李一氓在与他有同事之谊的陈乐民夫妇的眼中，是"潇洒氓公"、"新颖的领导"。资中筠记得，"他有很高的审美情趣，毫不掩饰对美食以及美的生活追求，从不作'艰苦朴素'状"，她坦承，那时"对他有些言行感到惊讶"（《蜉蝣天地话沧桑》）——此处的"言行"前，似可加一个修饰词：吊儿郎当。

"半个洋人"

宋以朗《宋琪传奇：从宋春舫到张爱玲》（香港牛津版）及《宋家客厅：从钱锺书到张爱玲》（花城版），均引钱锺书致宋琪函云:"前日忽得 Hawkes(霍克斯)函,寄至 *The Story of the Stone* 第三册,稍事翻阅,文笔远在杨氏夫妇译本之后上,吾兄品题不虚;而中国学人既无 sense of style,又偏袒半洋人以排全洋鬼子,不肯说 Hawkes 之好。"指杨宪益为"半洋人"。按:杨氏诗《政协民革连连邀请表态,虽皆未去,而文牍纷至,颇以为烦,口号一首明志》,有"卅载辛勤真译匠,半生漂泊假洋人"之句,反以"假洋人"调侃而自许。(《银翘集》)杨也并不讳言霍克斯对他们夫妇英译《离骚》的评价——"与原作的精神比较,就像一块巧克力派同一个巧克力蛋那样不同"。(杨宪益《略谈我从事翻译工作的经历与体会》)戴乃迭在与澳大利亚记者肯尼思・亨德森座谈时也曾讲:"有一位翻译家,我们非常钦佩,名叫大卫・霍克斯。他就比我们更有创造性。我们太死板,读者不爱看,因为我们偏于直译。"(《杨宪益对话集・"土耳其挂毯的反面"》)其自知之明,难能可贵。

待客之道

民国时期,日本汉学家、学人在中国游学、访书,拜见学界名流,自是常规节目。一九五九年,吉川幸次郎有《南京怀旧绝句》一文(见《中国访书记》,钱婉约译,北京中华书局版),回忆当年在南京访问黄侃、吴梅的情形。称黄"是时人普遍公认的国学第一人。与此相应,他的傲慢,也普遍遭到别人的反感。同是章太炎的门下,在北京的马幼渔裕藻、吴检斋承仕等教授,就没有开给我去拜识黄侃的介绍信"。后来,他是另托人,转请胡小石先生引荐的。一九三一年二月十八日(辛未正月二日),雪后初霁,黄侃在家接待了"华言颇娴"（黄侃《寄勤闲室日记》语）的吉川，两人交谈欢洽，意犹未尽，黄又约吉川三天后（人日前夕）家中小酌，并邀词曲大家吴梅作陪。吉川回忆：那天，吴先生"谆谆地用苏州话与我交谈。一副老名士的派头，但面对我这样的年轻学生，却毫无城府……对我微微而笑"。其绝句云："词客哀时吴瞿庵，漫将吹笛老江南。书生何幸成倾盖，人日草堂春酒酣。"而据黄侃日记，他曾赠诗与吉川，吉川也为他书扇，但"吉川自言考订而不好词曲，又于瞿氏无所咨问，瞿氏恶之"。按："彬彬有礼"（吉川语）的吴梅在会面时尽到了地主之谊，所谓"恶之"，可能是吴梅后来的流露，也可能只是黄侃对吴梅心思的暗中揣度。吉川后来曾写过一篇文章——《对中国文化的乡愁》（见同题文集，复旦大学出版社版），中云："在为他人考虑时，必须要好好地想到他人，站到他人的立场上去……与中国人有过交往的人，一定会想到他们曾经感受过的这种'体贴'的美德。"无论"恶之"情形如何，吴梅喜愠而不形于色，总还出于这种"体贴"。日本作家芥川龙之介在他的文章中，说到他当年拜访名流郑孝胥，交谈过程中，他把一支香烟衔到嘴里，"先生立即站起身，把点着的火柴凑到我面前"，"诚惶诚恐"的芥川，因此感叹——"在待客之道方面，比起邻国的君子来，日本人看来还差一大截呢"（《上海游记》）——说的也是这个意思。

彰德悬棺

王佩诤《瓠庐笔记·元嘉造象室随笔》（山东画报出版社版），有《彰德明皇子墓被掘》条（原载《国学论衡》一九三三年第二期），据一九三三年三月二十一日上海

《时报》通讯，记彰德（河南安阳）城西郝家店村后，"发现大明太祖朱洪武帝之某皇子及其嫔妃等之墓"为人所盗，有其后裔朱迪昌具呈控告于县治，请求惩办云。原报道乃"据参加挖掘之某农人"所谈，称墓中有碑，标明有洪武某皇子及嫔妃之墓，棺椁置法，颇为独特，"七椁两头均用铁练系于铁梁之上，棺悬距地约二尺馀"，开棺后发现"面容均未腐烂，与活人无异"，疑"系后用水银灌制"，致其不腐。按：明初封地在彰德者，系赵简王朱高燧一支，乃成祖三子，永乐二年始封。被盗者，并非洪武皇子墓，当是后裔中的某赵王及嫔妃之墓。《彰德府志》（刘谦、陈锡辂修，夏兆丰纂，乾隆五年刻本）有记："（明）赵简王惠王悼王靖王庄王墓俱在县西北五十里。"此次事件，北京《晨报》、沈阳《盛京时报》等媒体当时皆有专题报道，并被卫聚贤作为重要的地方考古发现，记入《中国考古学史》（商务印书馆，一九三七年版）。赵王棺椁悬空，与西南水族将棺木置于崖洞地基的"悬棺"葬俗，又不相同，亦不合明季帝王葬制，似与墓主生前信奉道教有关。"明帝历世奉道亦甚至，世宗尤躬亲斋醮，不理朝政"（傅勤家《中国道教史》），水银灌尸不腐之情形，若合符节。

狱中知堂

黄裳《老虎桥边看"知堂"》（《金陵五记》）一文知名当世，略记周作人被羁押于南京老虎桥监狱初期之窘态，说"忠"字监（按：龙榆生女顺宜时探监，后作文称，"忠舍由牢房改作临时看守所用"）"房子极小，可是横躺竖卧的有五个人"，周"在里面一角里的席地上，脱下了他的小褂小心地挂在墙上，赤了膊赤了脚在席上爬，躺下去了。旁边放着一个花露水瓶子"。——这是一九四六年八月末的情形。后来，他"又移至义舍，末了又移往东独居，这是一人一小间，就觉得很是不错了"。（《知堂回想录·监狱生活》）一九四八年六月十三日，《中央日报》刊发记者沈其如采写的《老虎桥监狱巡礼》，其《周作人题联解嘲》一节云："（狱吏）张科长导引我参观双字号囚笼，二号中周作人正在吃饭，看见记者，连忙把头转过去。他胖了，穿着一身白夏布短衫，留着一撮灰白色的胡须，看上去，真像一个'活鲁迅'。桌子上四碟菜，咸鱼、干丝、牛肉、盐菜，碗里的饭也是雪白的，监里没有这样伙食，看守告诉我是外面送来的。文人本色，此老在室中还挂有隶字对联一副：'令色缊缊如将不尽，超神冶妙缔造自然'。"——显见狱中待遇，因得内外两方面关照，已今非昔比。查，文中提到的这副集联，未见载于陈子善先生辑补《知堂杂诗抄·外编》及王仲三《周作人诗全编笺注》等书，疑似知堂集外作品。

扇形监狱

旧南京的老虎桥监狱，坐落于进香河大石桥之南，因门牌为老虎桥路四十五号，而得俗名。国民政府主计处统计局编印的《江苏第一监狱监犯调查之经过及其结果之分析》，概述了这所著名监狱的历史沿革及建筑格局："前清光绪末年成立。初名江南模范监狱。辛亥鼎革，毁损殆尽。民国三年重修，改称江宁监狱。"民国六年三月，改为江苏第一监狱，"其建筑分东西监、南监、病监、女监四处。东西监为双扇面形，各分四翼，以乾、坤、震、艮、离、坎、兑、巽别之；南监为单扇面形，计分五翼，以仁、义、礼、智、信别之……"这种"扇形结构"，正是民国监狱建筑最具典型性的形制，另如苏州江苏第二监狱，北京、安徽、湖南等省（市）第一监狱等，莫不如此。曾任老虎桥监狱看守长、科长的民国监狱学者孙雄称，"监狱之房舍，最忌分列，分列则不能于一目之下，周视全监，管理上生出种种困难"，故构造监狱之形式，以扇面式、十字式、光线式等，最符合"以自各翼集合之中央点，得以通视内部一切"之原则。（《监狱学》，商务印书馆，一九三六年版。）老虎桥监房的冠名，虽然很"中土"，其监狱形制观念则源自西方，即米歇尔·福柯所说的"全景敞视主义"。他在《规训与惩罚：监狱的诞生》一书中，阐述了英国思想家边沁所说的全景敞视建筑（panopticon）的构造原理："四周是一个环形建筑，中心是一座瞭望塔。瞭望塔有一圈大窗户，对着环形建筑。环形建筑被分成许多小囚室，每个囚室都贯穿建筑物的横切面"，"敞视建筑机制在安排空间单位时，使之可以被随时观看和一眼辨认。"（北京三联书店译本）这是一种体现社会规训的"政治解剖学"的基本原则。

百搭"主义"

台湾学者王汎森的论文，提到民国时期"主义"一词（概念）流行至广，有一千多种。鲁迅所编《引玉集》，以陈节摘译的苏联人楷戈达耶夫文章为《代序》，三千字左右篇幅，就用了不重复的二十个"主义"：唯美主义、军事共产主义、装饰主义、回忆主义、学院主义、印象主义、线条主义、布景主义、主观情绪主义、罗曼主义、现实主义、象征主义、形式主义、非形式主义、立方主义、构成主义、合理主义、考古主义、表现主义、帝国主义，这是公共文献的例子。再举一个私人书写的例子：一九二八年六月十八日，民国诗人刘大白致信徐蔚南，也拿"主义"来修辞："男女不同学，原是极高深的思想，可惜还不能彻底。要彻底，是男女不同家，男女不同国，男女不同社会。至于绝对的彻底，简直要男女不同母亲底肚子。至于全文言主义全个人主义……等等之外，又可以有一个全男女有别主义，不亦善乎！"（《白屋书信》）其时，"主义"多，一方面，意味着"主意"多，道路歧，思想杂。共产党人夏明瀚呼号"杀头不要紧，只要主义真"，慷慨就"义"，更立其"诚"。另一方面，使用泛滥，也是词义未臻所致。古代汉语中，"主义"泛指主旨，《太史公自序》有云："敢犯颜色，以达主义，不顾其身"（《史记》）。近代，以其对译英文"ism"，成为一个通用的后缀，意为有系统的主张、思想、观念。英国记者约翰·安德鲁斯所著《各种"主义"》（北京三联书店译本），序称："什么是'ism'？词源学家追根溯源，通过中世纪法语和拉丁文，发现英语中'ism'三个字母来源于希腊语以'ismos'结尾的词汇。词源学家说这三个字母是一个极为百搭的后缀；将它们加到一个名词或形容词后面，或者加到一个动词词干后面，或者加到语言学家喜好的事物后面，那么你就增加了一个词的含义、区别和神韵。"这本小书，胪列了英语中一些以"ism"为后缀、结尾的词汇，一共四百多种，看起来不少，所列者仍只常见者。纵令"主义"之泛用如是，日本作家芥川龙之介还是提醒读者——"'主义'的涵义或'主义'必要性的涵义，会因观念的差异而遭到随意曲解"，"一个人的思想也好，感情也罢，其全部倾向是'主义'所无法涵盖的"。（《'主义'一词的涵义》，见《芥川龙之介全集》第三卷，山东文艺出版社版）

礼服之争

说到民国"总统"就职典礼，李宗仁回忆："我照例遣随员请侍从室转向蒋先生请示关于就职典礼时的服装问题。蒋先生说应穿西装大礼服。我听了颇为怀疑，因为西式大礼服在我国民政府庆典中并不常用，蒋先生尤其是喜欢提倡民族精神的人，何以这次决定用西服呢？但他既已决定了，我也只有照办。乃赶夜找上海有名的西服店赶制一套高冠硬领的燕尾服。孰知就职前夕，侍从室又传出蒋先生的手谕说，用军常服。我当然只有遵照……这尴尬的场面与其说使我难堪，毋宁说使他自己难堪罢了。"（《李宗仁回忆录》，李宗仁口述，唐德刚撰写）对此，时任国民党中央副秘书长的黄通则另有说法，"总统就职时穿长袍马褂，而副总统则穿中山装，中山装上没有领章勋章。这是什么原因？我们在南京工作的人，都有传闻，听说原来缝制就职典礼大礼服时总统是五星上将，副总统是四星上将，本来这是通例，根本无所争议，但是副总统李宗仁尤其是他的夫人郭德洁女士，对此事非常不满意，吵了好多时间。到就职典礼当日，她一清早打电话到总统官邸，问说：'今天总统是不是穿军装大礼服？'官邸答复说：'是啊，早已经缝好了。'她却说：'要就大家五星，给我们四星，我们不穿！'因此引起蒋公馆的注意，总统才临时改穿长袍马褂。"《黄通先生访问纪录》（台湾"中研院近代史研究所"《口述历史丛书》第三十九种，一九九二年版）——猜忌与误会，两方面其实都有责任。李宗仁曾说："我因和蒋先生共事数十年，对蒋先生的手法领教太多，所以他一举一动的用意何在，我均洞若观火。"（《李宗仁回忆录》）颇为自信，其实他是"争"不过老蒋的。

作于二〇二一至二〇二四年间

编后语

　　这一回，我又将近几年的一些零散文字，归拢起来，勉强凑成了一集，交付文汇出版社刊行。说是灾梨祸枣，有些近乎滥调了。其实，仍是想给过往的一段读写生活留下印迹，不无纪念之意。

　　原先拟了几个书名，隐隐有所指向，却又都不取，怕引起误会。寂寞的人生，总得保留一份闲情：工役之馀，留心旧时的人物、书事之类，随兴探究一二，谈不上多少收获，自有一种晨读暝写的乐趣。宋人李庄简尝有"烛底黄花伴独醒，小窗寒月半栊明"之句，我每向往这样的诗境，索性就以"烛窗"名集。

　　砚植厦门的谢泳先生不吝赐序，主张阅读趣味，分享写作经验，于我多有启发，要感谢他的厚意。

　　书封上的木刻作品，出自比利时近世大画家法朗士·麦绥莱勒。未必怎么切题，因为喜欢，也就放在这里。

　　乙巳新正，金小明记于心远斋南窗灯下。